Walt

Whitman

做一个世界的水手，游遍每个港口

[美] 惠特曼 | 著

韦宇 | 译

世界大师散文坊 | 精装插图版 |

江苏凤凰文艺出版社
JIANGSU PHOENIX LITERATURE AND ART PUBLISHING, LTD

图书在版编目（CIP）数据

做一个世界的水手，游遍每个港口 /（美）惠特曼
(Walt Whitman) 著；韦宇译 .— 南京：江苏凤凰文艺
出版社，2019.5
（世界大师散文坊）
ISBN 978-7-5594-1971-2

Ⅰ.①做… Ⅱ.①惠… ②韦… Ⅲ.①散文集－美国
－近代 Ⅳ.① I712.64

中国版本图书馆 CIP 数据核字 (2018) 第 088789 号

做一个世界的水手，游遍每个港口

（美）惠特曼 著　　韦宇 译

责任编辑　汪　旭
责任印制　刘　巍
出版发行　江苏凤凰文艺出版社
　　　　　南京市中央路 165 号，邮编：210009
网　　址　http://www.jswenyi.com
印　　刷　江苏凤凰通达印刷有限公司
开　　本　880 × 1230 毫米 1/32
印　　张　8.25
字　　数　224 千字
版　　次　2019 年 5 月第 1 版　2019 年 5 月第 1 次印刷
书　　号　ISBN 978-7-5594-1971-2
定　　价　42.00 元

目 录

当需求降到最低时，你才珍惜白昼和天空

很多年之后，我又重新写我的日记。1866年到1867年期间以及之后的一段时间里，我在华盛顿司法部工作。1873年2月，我突然瘫痪，不得不放弃工作，移居到新泽西州的卡姆登，在那里度过了1874年和1875年。这期间，我的身体非常不好，但后来情况开始好转。我开始连续几周甚至几个月住在乡下原木溪附近的一处迷人静谧的地方，那里距离德拉瓦河入河口有十二三英里[1]远。我一直居住在位于斯塔福德农场的一位朋友家里，大部分时间我都在附近的小溪周围或是相邻的田地和乡间小道上转悠。也许正是因为那段时光，我的身体开始康复起来，我仿佛迎来了生命的第二春，不再像1874年和1875年那样卧床了。亲爱的读者，你可能只是觉得这些户外活动很有意思，而我可都真真切切地经历过、体验过。在接下来的日记中，我可能会提到我突然病倒的经历；那段日子里，我简直就处在半瘫痪的状态，我只能虔诚地祈求上天，不要让情况变得更糟。但是，我确实也享受了一段美妙的时光，理应描述出来。有意思的是，我发现，当你把你的需求降到足够低的时候，你就可以理解一些负面的事物，就会重视、欣赏并珍惜简单而自然的白昼和天空。

---

① 英里：英美制长度单位，1英里约1.6千米。

日月星辰与四季变换才是永久的满足

1876年至1877年。我发现，五月中六月初的树林是我写作的最佳场所[①]。我就坐在树桩或铁轨上，匆匆记下那些回忆。不论我身在何处，冬天还是夏天，城里还是乡下，独自在家里还是孤身在路上，一点一滴，我都会记录下来。虽然上了年纪，身体残疾，我依然坚持这个最大的爱好，但我先不说这些。接下来的篇章记录了我近年来参加的一些活动，都是一些平常的活动，我很乐意从这些活动中收获感悟，汲取教训。当你经历了商界政界，享受过美食和爱情后，最终疲累下来，你会发现这些都不能让你满足，或是不能永久地让你满足。那还剩下什么呢？还剩下大自然。静下心来，到大自然深处去感受人类和空气、和大树、和田野、和日月星辰、和四季变换的密切联系。而我们将从这些信念开始谈起。与文学作品中那华丽的辞藻和丰富的渲染相比，我的这些日记更像是平日里的一缕微风、一杯白开水，但那确实也是我生活的一部分。

经历了三年瘫痪的束缚，经历了战争带来的紧张、伤痛和死亡之后，终于迎来此刻珍贵、舒适的康复时光。

---

① 原注：请原谅我在这里突然改变了主题和风格，前面的叙述都是断断续续、不连贯的。谢天谢地我可以回归到这个轻快的、令人振奋的主题——大自然的平衡，这也是整本书或是人类生命唯一的永恒依靠。谁知道呢？我也有自己的想法、自己的野心。接下来的篇章，对于居住在城市的居民或是上班族来说，也许是阳光、草地、谷物、鸟鸣，是夜晚璀璨的星空，是冬日飘落的白雪；对于病榻上或监狱里的人来说，也许是一阵清风，是一抹大自然的芬芳。

曲径通幽，风景这边独好

每个人都有自己的爱好，我就特别喜欢那实实在在的田间小路。小路的两旁是用旧铁轨做成的栗色篱笆，上面爬了一层灰绿色的苔藓和地衣；篱笆底部是一堆碎石头，那里生长着荆棘和野蔷薇，各类植物的种子也散落其中；不规则的小路在其中蜿蜒，还有给牛马牲畜留的小道。随着季节的变化，路边的风景也各有特点：四月份是苹果树提前开花的季节，这时候还能看到猪等各类家禽家畜在田间行走；八月份的时候，这边田地里是整片的荞麦，而那边田地里的玉米则已长出长长的穗子，正随风摇晃。就这样，我一直晃悠到池塘边。池塘是由小溪延伸而来的，僻静又美丽，池边大大小小的树木郁郁葱葱，好一幅幽深的景象！

净化心灵，听泉水与小溪浅唱低吟

继续闲庭漫步，我来到柳树下泉水边，水声柔和，泠泠作响，好似碰杯时发出的声音。泉水最终汇成一股大溪流，宽如脖颈，纯净清澈，其缺口之处，溪岸拱起，像是一撇棕色浓密的眼眉，又似美人的上颚。泉水汩汩地流淌着，永不停息，似乎在意味深长地说着什么。那汩汩的水声，持续一整年都不会停歇。到了夏天，它又变成一汪薄荷和黑莓，那是光与影的杰作，这也是我七月份洗澡和享受日光浴的好地方。炎热的下午，我坐在那儿，主要还是聆听那独特的汩汩水流声。我不知道这一切是如何进驻到我的心里的，日复一日，那四处飘散的野外芬芳，那风中摇曳的斑驳叶影，是大自然对心灵的抚慰和净化，一切都是那么协调。

哦，潺潺的小溪，请接着吟唱！我也将诉说我的生活——那些岁月风尘、人情过往，当然也包括你。你尽管去旋转，去缠绕吧，我会陪着你，哪怕只有一小会。我如此频繁地与你亲近，春夏秋冬，一季接一季，你却对我毫不在意（为什么这么肯定，谁又能说得准呢？），但我还是会向你学习，向你汲取，把我对你的思考复制、印记下来。

G. CLAUS.

亲爱的，让我吹起初夏的起床号吧

离开吧，放松起来。松开圣弓上那紧绷的长弦。离开吧，窗帘、地毯、沙发、书籍，这些通通不要。离开“社会”，离开城里的房子、街道，还有现代化的设施和奢侈品。离开吧，去野外，去前文提到的那条原始蜿蜒的、树木环绕的小溪，去那未经修饰的灌木丛和覆盖着草皮的岸堤。离开束缚，离开牵绊的绳索，离开紧巴巴的靴子和整齐的纽扣，离开一切钢铁铸造的文明生活。离开商店，离开工作室、办公室、会客室。离开裁缝和时尚的衣服，也许应该暂时离开所有的衣服。在炎炎夏日，到小溪那里去享受湿润、荫蔽和幽静。离开吧，你的灵魂。亲爱的读者，让我把你单独挑出来，与你自由地交谈，无拘无束，推心置腹。至少有那么一天一夜的时间，你要回归到裸露的生命本源，回到那伟大、沉静、原始，包容一切的大自然母亲的怀抱中去。哎呀，真是可惜，我们中有多少人犯了迷糊，渐行渐远，几乎永远也回不来了。

我的这些日记，都是随时随地、匆匆记下的，没有经过特别的挑选，有些散乱。日期上是有一点点连续，持续了大概五到六年的时间。每一篇都是用铅笔，在户外，当时当地当场潦草写下的。印刷工人可能会有些苦恼，因为他们复印的内容大部分都是来自匆忙中写下的那些原始笔记。

你可曾听过午夜鸟群的天籁？

你可曾听过鸟群在午夜划破黑暗长空的声音？它们结成数不清的队伍在午夜飞翔，只为变换它们初夏或夏末的栖息地。那样的声音让人难以忘记。昨晚刚过十二点，一位朋友就把我叫起，让我关注鸟群向北迁徙时所发出的那不同寻常的喧闹声（今年算是比较晚的了）。在这样一个宁静、阴暗，充满美妙气息和大自然晚间特有的芬芳的时刻，我觉得这声音是一种珍稀的音乐。你可以听出它们运动的特点，有那么一两次是“奋力地挥动翅膀”，但更多的时候是柔和的沙沙声。那声音持续很长时间，有时候离得非常近，我们可以清楚地听到鸟儿吱吱喳喳的叫声，有时候甚至还带着些音韵。这样的声音从十二点一直持续到凌晨三点之后。有那么一会儿，我可以很清晰地辨认出鸟儿的种类；我可以分辨出食米鸟、威尔逊画眉、白冠麻雀，偶尔还能听出从高空传来的珩鸟的鸣叫声。

大黄蜂奏响五月的交响曲

五月，这是群蜂歌唱、鸟儿交配的月份，是大黄蜂的月份，是紫丁香开花的月份，也是我生日的月份。我写下这段文字的时间，正是日出之后。我来到小溪边，享受着阳光下的芬芳和旋律。蓝鸟、草鸟和知更鸟等各类鸟儿的鸣啼和喧闹声从各个方向传来，构成了一场大自然的音乐会。唱低音的是附近正轻轻敲打树干的啄木鸟，高音则是远处传来的雄鸡清亮的鸣叫声。泥土清新的味道扑鼻而来，那斑斓的色彩让人着迷——精致的褐色搭配着远处稀薄的蓝色，鲜绿的草地因为前两天的温润潮湿而增添了些许味道。太阳静悄悄地爬上广阔明亮的天空，开始了他一天的旅程。温暖的阳光洒满大地，亲吻着我的脸颊，我感到一阵炽热。

池塘里的青蛙已经呱呱叫了好一阵，山茱萸已开出它的第一朵白花。此刻，金色的蒲公英正在无止境地四处飘荡，散落在各个角落。樱桃和梨树也开出了白色的花朵，野生的紫罗兰睁着它蓝色的大眼睛仰望着我，向我的双脚致敬。还有苹果那涨红了脸的花骨朵，如宝石般翠绿的麦田，深绿色的黑麦，以及大量装饰着杉木丛的棕色小果。空气中弥漫着一种活力，夏日已完全苏醒！黑色的鸟儿聚集在树上，叽叽喳喳的。我坐在这里，此时此地，热闹非凡。

大自然也是列队前行的，像军队一样，一个方阵接着一个方阵。所有这一切都是为了我，而且这种情况将继续下去。然而，在最后两天，最吸引我的则是野蜜蜂，那是一种大黄蜂，孩子们喜欢称它为“蜂蜂”。我一路蹒跚，从农舍走到小溪边，穿过前面提到的小路。那条由旧铁轨做成的篱笆，以及满是裂口、碎片、断层和缝隙的小路，成了毛茸茸嗡嗡低吟的黄蜂的栖息地。它们在铁轨的上下、左右和中间，拥挤着，飞舞着，冲刺着，数量多得数不清。我缓步前行，经常被它们团团包围。我从没想过，它们会成为我清晨、中午、傍晚漫步途中的主角，它们用自身特有的方式主导着风景——以上千之势，布满长长的小路。它们数量巨大，活泼敏捷，有一种舍我其谁的气势。那响亮持久的嗡鸣声，不时变化，不绝于耳，有时候更是演变成一种类似尖叫的声音。大黄蜂前后冲刺，飞快闪动，相互追逐。它们虽然渺小，却传递给我一种全新的、美的力量，动感十足，活力无限。这是到了它们交配的季节了吗？不然它们为何要这般大规模、敏捷而热切地展示自己呢？我一边走一边在想，跟着我的是不是同一群黄蜂。但仔细观察之后，我发现是几团蜂群，它们快速交替着，一团接着一团。

我是坐在一棵巨大的樱桃树下写下这些文字的。下笔时正有云彩飘过，清风拂来，气温也柔和了许多。我就这么久久地一直坐在这儿，被这些蜜蜂低沉的音乐般的嗡鸣声包围。它们成百上千，在我周围横冲直撞，飞来飞去。它们一个个身披淡黄色夹克，顶着闪亮而又硕大的身躯，柔声哼唱着丰富多样而又永恒不变的歌曲。这不正是谱曲灵感的来源吗？这不正是天然的背景音乐吗？大黄蜂交响乐？无论是在户外、在黑麦田还是在苹果园，它们就这样以我最需要的方式滋养着我，让我感到安宁。过去的两天，风和日丽，完美无瑕；再也不会有这么完美的日子了，我尽情地享受着。

匆忙中，我又记下另一个完美的一天。那是在中午之前，七点到九点之间，整整两个小时我都沉浸在大黄蜂的嗡鸣声和其他鸟儿的乐声之中。苹果树上和附近杉树上栖息着三四只褐背画眉，每一只都在唱它最好听的歌，歌声婉转悠扬，我从没听过比这更动人的曲子。在这两小时之中，我放任自己去聆听这些声音，恣意懒散地沉浸其中。我注意到，几乎所有鸟儿在一年之中都有一段特定的时光（有时候仅仅只有几天），在这段时光里，它们会唱出最动听的歌，而此刻的褐背画眉就处在这样的时光中。与此同时，在田间的小路上，横冲直撞的大黄蜂继续在浅吟低鸣。我回家的时候，又有一群大黄蜂跟着我，同往常一样伴我而行。

上面这些文字记录的是两周之前的事情，而此刻的我正坐在小溪边的鹅掌楸下。鹅掌楸高七十英尺[1]，叶子碧绿浓密，散发着年轻又成熟的气息。这美丽的植物，它的每一根树枝、每一片树叶都是那么完美。从树冠到树根，都有大群大群的野蜂挤在一起，寻觅花朵中甜蜜的汁液。它们响亮而平稳的嗡鸣声构成一种低音，照应着我此时此刻的心情。对此，我将以亨利·比尔斯[2]书中的一段诗句作为结语：

我躺在远处深深的草丛中，
一只黄蜂醉醺醺地路过，
它被香甜的棕榈汁弄得神志不清。
金色的腰带已捆绑不住
它那胀鼓鼓的身体，
肚里全是金银花酱。
玫瑰汁和香豌豆酿的酒，
伴着圣歌充斥着它的灵魂。
它沉醉在这温暖的夜晚，
毛茸茸的大腿被露珠沾湿。
它玩了不少滑稽的把戏，
而世界正沉寂在睡眠和阴影之中。
它常常唇干舌燥，
然后啜饮花杯里的甘露；
它会在平滑的花瓣上滑倒，

① 英尺：英美制长度单位，1英尺约合0.3048米。

② 亨利·比尔斯（1847—1926）：美国诗人、作家，这里提到的诗句取自《大黄蜂》一诗，此诗收录在他1921年出版的诗集中。

或是在缠绕的雄蕊间旅行，
还会一头扎进摇晃的花粉堆里，
然后满身金黄地爬出来；
也会绊倒在花蕾上，
跌落在草丛里，
然后躺在那里，
用它特有的男低音轻柔地自怨自艾。
可怜的大黄蜂，酒后多愁善感的大黄蜂！

发现雪松果的新奇

今日，当我乘着小马车，横穿乡野，走了差不多十一二英里的时候，我发现了一些雪松果。没什么比这些质朴、优美、新奇的小果子更能让我高兴的了。我从没见过这样的小东西，也许是我以前从未注意到它们。这些奇特的小果子由黄色丝线牵引着，密密麻麻地点缀着深绿色的雪松丛，与那古铜色的树干交相辉映。圆圆的果实上布满毛茸茸的碎屑，好似幼儿前额零乱的毛发。我在溪边散步的时候，摘了一颗雪松果，一直留着。这些小果子仅能在枝头停留很短的时间，然后很快就会掉落，消失在泥土之中。

如斯美景，人亦慵懒

6月10日。此刻正是下午五点半，我在溪边，没有什么能够胜过我此刻身边的美景：宁静，清新，秀美。白天的时候下了一场大暴雨，一阵电闪雷鸣之后，天空出现罕见的、不是流于表面而是深入根本的清澈透蓝，配着镶着银边的云朵和纯粹炫目的阳光，美得简直无法用言语来形容。蓝天照映着枝繁叶茂的大树，树上传来持久清亮的鸟鸣。一只北美猫正焦躁地咪咪叫唤着，还有两只翠鸟欢快地尖声鸣啼。我观察这两只翠鸟已有半小时之久，在溪边玩耍是它们傍晚固定的节目。它们时而掠过水面，时而停留在溪流中央，多么活泼欢快的小生灵！它们盘旋徘徊，互相追逐，不时兴奋地扎入水中，溅起钻石般的水花，然后又猛地飞起，倾斜着翅膀，优雅地在空中翱翔。有时候它们离我如此之近，我甚至能看清它们深灰色的羽毛和奶白色的脖颈。

落日余晖下的田野演奏会

6月19日。下午四点至六点半。我独自一人坐在溪边。这里很僻静，景色亮丽生动。由于昨晚刚下过暴雨，此刻阳光格外灿烂，空气也格外清新。溪水在阳光的照耀下波光粼粼，草地和大树也亮出它们最精神的模样，四周明明暗暗的各种绿色，清新又美丽。丛林深处，几只野鹌鹑正哼着小曲，歌声恰如六孔竖笛的乐声。雨蛙在附近的池塘里鸣叫着，远处的乌鸦也在哇哇地叫唤。我坐在一棵橡树下，一群小猪正在拱着树边柔软的土壤，有几头凑到我的面前嗅来嗅去，然后咕噜咕噜地匆忙跑开。我在写下这些文字的时候，叶影正在纸上摇曳震颤，鹌鹑的叫声依然在耳边回荡。落日逐渐西沉，沙燕轻快地飞来飞去，它们的洞穴就在附近的土堤上。杉树和橡树的气味在空气中飘荡，很容易就闻得出来。傍晚渐渐来临，此刻的世界展露出各种美丽的芬芳：附近的麦田泛着金黄的光泽；三叶草田也正散发着甜如蜜般的香气；一棵棵挺拔的玉米，飘着长叶，沙沙作响；还有那长势旺盛的马铃薯，灰绿丛中点缀着白色的小花。我头顶上，是那古老、沧桑、庄严的橡树。附近松林里飘来阵阵晚风，树叶飒飒作响，与鹌鹑的歌声交织成一曲绝妙的二重唱。

我刚起身准备回去，却被一阵美妙的散场曲挽留了下来。是北美隐居鸫么，我在心里嘀咕。歌声是从沼泽那边，灌木丛深处传来的，听上去是那么悠闲，又有一点惆怅，一遍遍循环不停。对于那些在夕阳余晖中，按照同心圆的轨迹飞翔，嬉戏打闹的燕子来说，这歌声给它们飞行的圆轮增添了光芒。

现实万物的缔造者，谁知道？

热浪滚滚，但此刻纯净的空气让人多了几分忍耐。池塘里开着粉白的花朵，心形的叶片甚是可爱。小溪水面如玻璃般平整，两岸浓密的灌木丛、山毛榉、树荫和草皮，如画一般美好。忽然，远处芦苇丛传来几声尖利的鸟叫声，打破了这温暖、慵懒甚至有些撩人的寂静。胡蜂、虎头蜂、蜜蜂、大黄蜂偶尔闯来，在我的手和脸周围徘徊，但并不招惹我。当然，我也不去招惹它们，它们就是过来看看，发现没什么就离开了。头顶上的天空广阔无垠，干净清澈，只有一只秃鹰在那里慢慢盘旋，一圈一圈的，很是威严。池塘水面上飞着两只蓝色大蜻蜓，它们挥舞着蕾丝般的翅膀，时而旋转，时而冲刺，时而就停在半空中一动不动。它们难道是以此来取悦我吗？池塘里长着像剑一样的菖蒲，菖蒲底下有水蛇游过。偶尔会有一只画眉从池塘上空一掠而过，肩上一抹红色甚是惊艳。蟋蟀和蚱蜢熬不住午间的炎热都沉默不语，满世界只听得夏蝉仍在聒噪地鸣叫，还有池塘上的水鸭不时嘎嘎叫唤。不一会儿，远处传来咔嚓咔嚓和呼呼的声音，那是马儿拖着收割机，急速穿过小溪对岸麦田的声音。所有的声音交织在一起，更加凸显此刻的静谧、焦灼与炙热。一只鸟儿跌跌撞撞地穿过麦田飞向林间。我没有看清这只鸟，不知它是黄色还是浅棕色，只是大概看到它如小母鸡般大小，短脖长腿。我闻到了弥散在空气中的苜蓿草的香味，那是一种微妙而又极易被察觉到的味道。这沁人心脾的味道超越一切，深入我的灵魂。广阔自由的天空，泛着清澈透明的蓝光。天边飘着的一团团灰白色羊毛状的云朵，被水手们称为“成群的鱼”。那银色的漩涡好似刚松开的发髻，慢慢摊开，扩散开来，形成一个巨大的、无声无息的没有定型的幻影。也许那才是现实万物的缔造者，可又有谁知道呢？

心静如水，昆虫的歌声也如此动听

8月22日。我能在晚上听见蝈蝈的叫声，而蝗虫那如笛声般单调的叫声则不论白天黑夜都能听得到。原先，我只会关注清晨和傍晚那令人愉悦的鸟鸣，但后来我发现聆听这些奇奇怪怪的昆虫叫声也可以让人快乐。此刻临近中午，只听见60米外的一棵大树上一只蝗虫正在鸣叫，我正是伴着它的鸣叫写下了这些文字。此起彼伏的鸣叫，有如在歌唱一般，萦绕四周，不绝于耳。当强度和力量增加到一定程度的时候，叫声又突然默默地降了下来，每次用力都持续一到两分钟。蝗虫的叫声非常应景，呈迸发之势，充满阳刚之气，像上好的陈年佳酿，不是很甜，却比普通的甜味更加浓烈。

至于蝈蝈，我要怎样来描述它那活泼的声音呢？我卧室窗外两米远的地方有一棵柳树，树上住着一只蝈蝈，经常在歌唱。在过去两周的每个夜晚，一直是它的歌声伴我入眠。有一天晚上，我骑车穿过一片树林，走了将近有五百米远，我就听见无数的蝈蝈在叫唤。有那么一刻我觉得很奇妙，但我还是更喜欢卧室外柳树上的那个邻居。

虽然有些重复，但我还是想再说说蝗虫的叫声。那是一种悠长绵延、节奏分明、震颤有力、呈逐渐增强之势的声音，好似铜制的碟片转了一圈又一圈，释放出一波又一波音符。开始的时候是平稳的拍子，很快，速度和音调逐渐加强，到达很有力的一个点，接着又迅速而不失风度地降了下来，渐渐平息。这不同于鸟儿的鸣啼，非常不同。普通的音乐家可能觉得这不是音乐，不是旋律，但敏锐的耳朵肯定可以觉察出其中的和声。虽说有些单调，但在那杂乱的嗡鸣声中这和声是多么美妙的音律，它们循环反复，就像旋转着的铜环。

树教会我们保持真实的自我

9月1日。此刻在我面前的这棵树不是最大的也不是最特别的，但却是我最喜欢的树之一。这棵精致的鹅掌楸，长得笔直，大概有三十米之高，主干最粗的地方直径有一米多。多么强壮、多么有活力、多么不朽的大树啊！它的沉默胜过一切语言，这种沉默与人类的表面浮华是多么不同。它具有一棵树的所有品质。它沉着冷静，从不情绪化，具有不可言喻的美感和英雄气概，无辜无害而又野蛮原始。风霜雨雪，风和日丽，无论什么样的天气它都经历过。而人类，这急躁的无名小卒，只要有点雨雪就躲进室内。科学，更精确地说是发展中的科学，嘲笑关于森林女神、树神、树语的传说。但即使被嘲笑，这些传说还是会出现在日常的言语、文章、诗歌、说教中，它们的影响也许还会更大。不得不说，那些古老的关于森林女神的传说其实是很真实的，甚至比其他的传说更加真实、深刻。也许你身边的冒牌医生会说“别乱说”，但我劝你最好还是去到丛林中，坐下来，与周围沉默的大树为伴，读一读上述文字，好好想一想。

不管别人怎么看待你、评价你，不论别人是喜欢你还是讨厌你，你都要保持真实的自我，这是一棵树给我们的启示，也是大地、岩石、动物等世间万物给我们的启示。可怕的是，越来越多的陋习弊病在我们周围蔓延，我们的文学、教育以及对待他人的态度甚至是对待自己的态度，比表面上看到的更加糟糕。

8月4日下午六点。在落日的余晖中，树叶和草地展现出各种透明的绿色和灰色。夕阳的万丈光芒清晰可见，许多新的地方被照亮了。那些黄褐色的、原本坑坑洼洼的下层树干，平时都是被阴影笼罩，此刻却被强烈的阳光眷顾，那些大大小小粗糙不平的枝干正向我展示着它们独特的魅力。它们安静又粗糙，美丽又结实，冷傲却无害，毫无顾虑地显露身上的包块和木瘤。这样的光线，这样的时刻，这样的氛围下，没有人会对那些古老的寓言故事感到吃惊吧。人们恋上大树，被它们那神秘、沉默而又无法抵抗的力量所迷惑，这种力量也许正是一种持久的、完整的最高境界的美。

我在这儿认识了很多树，包括：

橡树，各种各样的。有一棵老橡树长得很结实，很有活力，叶子碧绿浓密，有一米五那么粗，我每天都会来这棵树下坐一坐。

香柏，有很多棵。

鹅掌楸，四十多米高，主干最粗的地方有三米多[①]。鹅掌楸是木兰科的一员，伐木工人称它为北美鹅掌楸。我曾经在密歇根和伊利诺伊南部看到过这种树，它可以嫁接，但我嫁接得不是很好，最好还是用种子来种植。

此外还有西卡摩槭树，桉树（树胶有甜有酸），山毛榉，黑胡桃木，黄樟，杨柳，梓树，柿子树，花楸，山胡桃，各种各样的枫树，洋槐，桦树，山茱萸，松树，榆树，栗树，菩提树，山杨树，云杉，角树，月桂树，冬青树。

---

① 原注：在伍兹敦有一棵鹅掌楸，大约六米粗，主干上五米左右的地方又向上分出十米长的枝干。南边的高枝又伸出两个枝干，距离地面分别有三十米。二十五年前，甚至更久以前，这棵树的树洞就可以一次容下九个人在里面吃饭，现在估计能容下十二到十五人在里面站着。1877年和1878年两次猛烈的台风都没怎么伤害到它。那两个伸出去的枝干每年都开花，每到花期，空气中就飘满了甜蜜的芳香。这棵树在一座小山丘上，独立于其他的树。——1879年4月15日，新泽西的伍兹敦

秋天适合思绪随意游荡

9月20日。我坐在古老的黑色橡树下，此刻阳光温暖，一群飞舞的小虫将我包围。四周尽是鲜亮的绿色，散发着别样的香气，五百米外传来乌鸦刺耳的嘎嘎声。阿尔比克的德鲁伊教[①]也许会选择这样的丛林进行祭祀。我独自一人坐在这里，尽情地吸收、享受这一切。黄褐色的玉米堆成锥形，已经干枯。一望无际的田野上到处散落着金红色的南瓜。田地里的卷心菜在光与影的作用下，闪耀着绿色和珍珠色，交相辉映。瓜田里，一个个圆鼓鼓的椭圆大西瓜，配着银色条纹和皱巴巴的宽边叶子，可爱而美丽。周围一片浓郁的秋色，远处有一群母鸡在厉声尖叫。九月的秋风，穿过树冠，瑟瑟吹来。

又一天。暴雨过后，地上一片狼藉。我沿着溪边缓缓漫步，溪水已经退得很低，只留下几分暴涨后的痕迹。我环顾四周，清点暴雨冲刷过后遗留下的存货：野草，灌木，山丘，小路，零星的一些树桩，这些树桩有的表面光滑，我常常坐在上面休息。此刻我也正是坐在其中的一个树桩上，匆匆写下这些文字。还有一些常见的野花：洁白的星形小花，鲜红色的半边莲，樱桃般的玫瑰花花骨朵，以及缠绕大树的各种藤蔓。

10月1日至3日。我每天都会来到这僻静的小溪边。今天是10月3日，和煦的秋光伴着阵阵西风，我坐在溪边，看着波光粼粼的水面。岸边一棵山毛榉，已然垂垂老矣，几乎要落到水里。山毛榉布满青苔的身体上依然有叶子，象征着生命的存在。一只灰色的小松鼠上上下下，不断探索着，玩弄着自己的尾巴。它跳到地面上，蹲在那里，看看我，然后又跳回树上。这难道是达尔文式的指引？

10月4日。多云，微凉，已有初冬的迹象。这里依然景色宜人，厚厚的落叶铺满地面，把地面染成了棕色。那些丰富的色彩——各种各样的黄色、深

① 德鲁伊教敬拜自然，并将橡树视作至高神祇的象征。

深浅浅的绿色、从清淡到浓郁的红色阴影，此刻全都融入大地的棕色和天空的灰色中，变得暗淡起来。看来冬天就要来了，可我还病着。我坐在美景之中，被周围的生机勃勃影响着，任凭自己的思绪随意游荡。

仰望天空，幸福或许无声降落

10月20日。今天天气晴朗而凉爽，有些干燥。空气中偶尔飘来一缕微风，充满氧气的味道。除了那些包围着我、让我觉得神清气爽的美景如树木、水流、青草、阳光和初霜外，今天我看得最多的就是天空。那样精美透明的蓝色是秋天独有的。天空中仅剩几朵云彩，大大小小毫不规则，它们或是静止不动，或是在广阔的苍穹中做着各种运动。早些时候，大概是上午七点到十一点，天空一直是纯净而又不失生动的蓝色。但快到中午的时候，颜色越来越淡，有那么两三个小时天空变成了灰白色，在那之后灰白色又持续了一段时间，直到日落。最后，透过山丘上大树之间的缝隙，我看到耀眼的一幕：一团火焰伴着一束巨大的银光撒向水面，华丽的浅黄、赤褐和红色带来一场视觉的盛宴。那透明的阴影、光束和火花，同各种生动的颜色交相辉映，这是任何绘画都无法比拟的。

我不知道为什么在这个秋天我会突然拥有这么多美好的时光，我觉得应该归功于天空。我时常想，虽然我肯定每天都会看见天空，但我以前好像从来没有这般关注它。我曾读到这样一个故事，说拜伦在他死前告诉他的一个朋友，他觉得他整个人生只有三个小时是幸福的。还有一个关于国王大钟的古老的德国传说，表达的也是这个意思。当我来到这片树林，透过树枝看到这美丽的落日，想起拜伦和那个大钟的故事时，我意识到我此刻正在享受的就是这种幸福的时光。最幸福的时刻也许并没有被我记录下来，因为当它们来临的时候，我无暇顾及记录，而是让自己完全沉浸其中，让这种情绪不断蔓延，静静地载着我进入一种狂喜的状态。

究竟什么是幸福呢？是此时此刻抑或是似此时此刻的瞬间么？一次简单的呼吸或是一缕稍纵即逝的气息？我实在捉摸不透。我看，还是不要纠结了吧。过去三年，我饱受病痛带给我的肉体和精神上的折磨。仰头望苍天，苍天

清澈如许，你是否在蔚蓝的天际深处为我这样的人准备了良药？你现在能否让它化成空气，无声无息地降落到我身上？

10月28日晚。今晚的天空异常透明，无数星星在闪耀，银河之路也只有在如此清晰的夜晚才可以看到。木星出现在西方，看上去像一朵偶然溅起的巨大水花，它的身边还有一颗小星星与之为伴。

身着白色外衣，
婆罗门缓缓地进入空旷的圆形竞技场，
手里抱着一个小孩，
好似清朗无云的夜空中与木星相伴的月亮。

——印度古诗

十一月初。之前描述过的那条悠长小路，它的一端通往一片长满杂草的旱田，那旱田有二十亩大小，微微向南倾斜。我习惯在此散步，清晨或傍晚，仰望天空，欣赏天空独特的美景。今天，在这片田野上，整个上午我的灵魂都因这清澈的蓝天而镇定平静，舒展之极已难用语言来描述。今日的天空其实也没有什么特别的，万里无云，只有蓝天和阳光。空气干冷，暗香阵阵飘来；秋叶簌簌落下，乌鸦在远处嘎嘎叫着。高空中，两只秃鹰正优雅缓慢地盘旋着。偶尔传来风的声音，时而低声细语，时而大声威胁，呼呼地穿过整片树林。远处，一群农夫正在田野里忙着把玉米秸秆装载到车上，马儿在一旁耐心地等待着。

风景是色彩和光线的游戏

不同的季节，一天中不同的时辰，色彩和光线在玩着游戏。远处的地平线上，风景渐渐变了颜色。我沿着小路，蹒跚着走向一天的终结。一轮硕大无比的落日融入宝蓝色的天空，散发出金色的光芒，一缕一缕，穿过长叶飘飘的玉米田，照射在我和西方的天际之间。

又是一天。今天看到很多不同的色彩：鹅掌楸和橡树浓郁的深绿，沼泽边杨柳的灰白，悬铃木和黑胡桃低调的暗淡，雨后香柏的翠绿，还有山毛榉淡淡的鹅黄。

与世隔绝的孤独

今天上午空气沉闷，多云，不冷也不湿。我蹒跚走到寂静的池塘边，坐下来。这里和城里很不一样：此刻城里肯定一片欢腾，数百万民众正在等待昨天总统选举的结果，或是在接受并讨论着结果；而这里，与世隔绝，无人注意，无人知晓。

群鸦的狂欢集会

11月14日。此刻我正坐在小溪边，沐浴在温暖和煦的阳光之下。我刚刚散了步，想要休息一下。除了乌鸦嘎嘎的叫声，再没有其他的声音了；除了乌鸦黑色的身影从头顶闪过，倒映在水面，再没有其他动静了。的确，今天的主要风景就是这群乌鸦，它们连续不断地叫唤着，或远或近。它们数量巨大，数不胜数，成群结对地从一处转移到另一处，偶尔因为数量太多，整个天空都暗了下来。就在这个时候，就在写下这些文字的时候，我看见它们乌黑清晰的身影，掠过波光粼粼的水面，或一只或成对或一长串。昨晚整夜我都听到了它们在附近树林里喧闹的叫声。

海边冬日：令人捉摸不透的美妙

十二月中旬的某一天，晴空万里，我坐了一个多小时的火车，穿过古老的卡姆登市和亚特兰大城，来到新泽西的海边。清晨，我准时出发。这得益于我亲爱的姐姐，她亲手为我准备的香浓咖啡和丰盛的早餐让我精神焕发。姐姐给我做的咖啡和早餐美味至极，好消化易吸收，此后我一整天都精力旺盛，心情舒畅。最后还剩五六英里的时候，我们的火车进入一片开阔的盐草地。这草地被潟湖分割成几块，到处都是水道。莎草的香味沁人心脾，让我想起“麦

芽浆”，还有家乡岛屿南部的海湾。我想我可以就这么心满意足地一直旅行到夜晚，穿过平坦而又芬芳的海边牧场。火车准点到达，我们换乘了当地的汽车。从上午十一点半到下午两点，汽车几乎都是沿着海滩行驶，或者说是一直都能看见海。我一路听着海风嘶哑的低吟，呼吸着令人振奋、透着好客气息的微风。我们的车先是在沙地上急速行驶了五英里，沙地很硬，车轮驶过几乎不留任何痕迹。晚餐后，大概还有两个小时的闲暇，我开始向另一个方向走去，那里几乎看不到什么人。我来到一间屋子附近，这间屋子原先是浴场接待处。这里视野开阔，显得古典、清爽、旷达，包围着我的是一片莎草和印度草。多么空旷、简单、朴素的地方啊，此刻全由我一人独享。远处有几艘船只，再远一点，刚好能看见蒸汽船袅袅的尾烟。目之所及，还能清楚地看到海船、双桅船、纵帆船，它们大多已将船帆扬起，准备乘风破浪开启航程。

海里和岸上准备好了各种诱人的美景！它们的质朴和空旷，让人如何去描述！这些美景或直接或间接地勾起了我们的一些思绪。什么样的思绪呢？如层层海浪，如灰白沙滩，咸的、单调的、无感的思绪。这里没有艺术没有书籍没有对话，然而这里的景色却让人舒服得难以言表，即使是在冷酷的冬天。它们是这样动人，这样捉摸不透，比我读过的所有书、看过的所有画、听过的所有音乐都要精致美妙。但说句公道话，也许正是因为我读了那些诗、听了那些音乐，才会有如此感受。

海滩：在现实与理想之间架一座桥梁

当我还是小孩子的时候，我就有这样的幻想和愿望：要写点什么，也许是一首诗歌，来描绘海滩——它是固态的土地与液态的海水相互接触、相互分割又相互结合的地方，让人产生无尽的想象。毫无疑问，任何客观形式最终都会上升成为一种主观精神。海岸浩瀚，但远比我们第一眼看到的要广阔很多。它连接着现实与理想，现实中有理想，理想中有现实，彼此成为对方的一部分。我的青年时期是在长岛度过的，在那段青葱岁月里，我经常去罗卡威岛和科尼岛海岸，或者向东去汉普顿或蒙托克，一去就是几个钟头甚至是几天。有一次在蒙托克，我站在古老的灯塔旁，目之所及的各个方向，除了大海波涛翻滚的声音外，其他什么也没有。我记得很清楚，当时的我觉得自己总有一天会写本书来表现海滩这一神秘的对象。我还记得在那之后，我拒绝任何独特的抒情诗、叙事诗或其他文学形式来描绘海滩。海滩无形地影响着我的写作，渗透到我对自己的评价的各个方面。在此，我想给所有的青年作家一点提示。除了海洋和沙滩之外，不知不觉中，我也用了相同的规则来对待其他事物。我会尽量避免用固定的诗歌套路来描述它们，它们实在是太伟大了，无法被束缚在一种恒定的形式之中。如果我可以迂回地表明我们相见过、相融过，就算只有一次，我也心满意足了，因为我们确实已经相互吸收，相互理解了。

有这样一个梦境、一幅画面，多年来时不时无声地浮现在我眼前，有时候间隔时间比较长，但肯定会再次出现。虽然这图景只是我的幻想，但它确实已经很大程度上融入了我的生活和我的写作中。这图景不是别的，正是那一望无垠的棕白色沙滩。它们是那么坚硬，那么平滑，那么宽广，伴着海水永不停息。海水在上面翻滚着，冲刷着，泡沫飞溅，沙沙作响，好似正在猛烈地敲打低音鼓。这样的场景，这样的画面，我得说，这么多年来都会不时出现在我面前。有时候，我深夜醒来，甚至能清楚地听见它、看见它。

纪念托马斯·潘恩[1]

1877年1月28日，星期天。费城林肯纪念堂。纪念托马斯·潘恩诞生一百四十周年。

大约三十五年前，我是纽约坦慕尼协会[2]的常客。在那里我结识了托马斯·潘恩先生的一位密友，他也是陪伴潘恩生命中最后几年的人。他就是范罗思上校，一位德高望重的老人。也许，在关于那段特殊时期的一些记忆碎片里已经找不到这位老人的身影。因此，请允许我先来简要介绍一下上校本人。当时他大概有七八十岁，身材高大，举手投足都是军人风范；头发像雪一样白，面颊干净，穿戴整齐，经常穿着镶有金属扣的蓝色燕尾服，配上淡黄色马甲、浅褐色马裤，脖子、胸前还有腰间隐约露出白色亚麻衬衣。他很健谈，但不浮夸，言语间充满了智慧。他一直精力充沛，沉静稳重，无论什么情况下，都举止得体；尽管年事已高，但身体一直硬朗。年轻时因为生活拮据，他曾做过高级法庭的治安官。我印象中他很特别，长得高大威武，一身正气，浓密的白发紧贴着脑袋。法官和那些青年律师们都很喜欢他，尊称他为阿里司提戴斯[3]。大家一致认为，如果要想在纽约市政厅或是坦慕尼协会找到一个清廉、诚实、绝对正义的人，此人非范罗思上校莫属。他喜欢年轻人，喜欢在结束一天工作之后，一边喝着棕榈酒，一边和他们闲聊。通常情况下，他只喝一杯，决不多喝。那时候，我们经常在古老的坦慕尼协会的客厅见面，也正是那时候，他告

---

① 托马斯·潘恩（1737—1809）：英裔美国思想家、作家、政治活动家、理论家、革命家、激进民主主义者，著有《常识》一书，该书对美国独立和西方民主进程产生了重要的影响。

② 坦慕尼协会：也称哥伦比亚团，1789年5月12日建立。最初是美国一个全国性的爱国慈善团体，专门用于维护民主机构，尤其反对联邦党的上流社会理论；后来则成为纽约一地的政治机构。

③ 阿里司提戴斯：二世纪雅典哲学家，针对神的存在与永恒性加以辩护，强调基督徒的爱是优胜的证据。

诉我许多关于托马斯·潘恩的故事。我还记得有一次，他用一分钟时间描述了潘恩的病痛和死亡情况。总的来说，无论是过去还是现在，我都非常感激这位老朋友，他不仅向我生动描述了潘恩的外貌举止，而且还从精神、道德、情感等方面全方位地向我展示了这位《常识》的作者，这让我对潘恩的内在人格有了更真实的了解。

潘恩的大多数理论信仰，源自一百多年前的法国学派和英国学派。他的思想是两个学派的混合，同时也可以说是吸收了两个学派的精华。如同大多数守旧派一样，他每天都会喝个一两杯，但决不贪杯，也不酗酒，更称不上是酒鬼。他生活朴素节俭，为人很好，总是活泼愉快而又彬彬有礼。也许偶尔会对有些事情有点迟钝，但他对政治、宗教等事务一直积极地发表意见。毫无疑问，在“美国独立”这个概念还在萌芽的时候，他就为美国的诞生，为美国个性的形成认真而智慧地工作着。我不敢说美国独立给当今社会带来了多大好处，但独立一直是我们深信不疑、持续实践的最根本的人权。美国政府能从教会组织中分离出来，我不敢说这全部归功于托马斯·潘恩，但我坚信潘恩功不可没。

我并不是想来解读或是赞颂这个人，我只是想让你们回到上代人甚至是上上代人的生活年代，感受一下那个时代，同时我也想向你们传达那个时代的一些观点。这些观点我认为都是诚挚、真实、不带偏见的，是我同上校多次对话、向他多次提问的结果。我对我所了解的信息深信不疑。托马斯·潘恩有着高尚的人格，这可以从他的外表、面容、声音、穿着、举止，还有他在晚年所展现出来的气场和魅力等等看出来。无论愚蠢的人们如何杜撰他死亡时刻的场景，但有一点是绝对真实的，那就是：他活着的时候生活得很好，他离世的时候也很平静安详，而这也恰恰成就了他。他为还处于胚胎时期的美国做了最有意义、最有价值的贡献。如今我们三十八个州的男女老少，某种程度上来说，都因为他的贡献而受益。作为受益者之一，我怀着愉快、虔诚的心情向他

致敬。众所周知，时势造英雄（有时候或许也可以跳出时势）。美国知道如何善待她的财富——她优秀子民的遗赠，她会维护他们的声誉，这一点毫无争议。如有必要，她也会不遗余力地清除笼罩在他们声誉上的乌云，让他们的声誉愈发真实，愈发明亮。

力量的对抗：冰面航行

1877年2月3日。从下午四点到六点，我们坐船横穿了特拉华州，我又一次回到了我在卡姆登的家。因为水面结冰，我们很难靠岸登陆。船虽然是防水的，船长驾驶起来也是娴熟有力，但由于船体老旧，它也只是悻悻地顺着舵盘的方向慢慢航行着。力量，在诗歌和战争中是多么重要，对冬日里行驶的汽船也是重要的，因为要穿过长条的冰面。两个多小时里，我们跌跌撞撞，潮水时而无声无息地退去，时而又卷起千层巨浪，将我们带到很远的地方。当第一缕夕阳洒向水面时，我环顾四周，心想：再也不会有比这更寒冷、更冷酷、更压抑的景色了。此刻一切都还清晰可见，环顾四周，除了冰还是冰。这些冰大多数都是碎的，只有少量的大冰块。目之所及，没有一点清水。海岸，码头，地面，屋顶，船只，全都被雪覆盖了。一股冬天微弱的水蒸气在周围弥漫，无边无际的白色不断扩散，只留下一点金属色和棕色。

2月6日。我乘坐下午的船只回家，从船上看去，雪花那透明的阴影悠闲地飘散在各处。雪花一片一片的，虽然数量不多但每一片都非常大。在岸上，远远近近的，刚点亮的煤气灯不时地闪耀着。那些冰块，有些聚成小丘，有些大片漂浮着，我们的船驶过时会嘎吱作响。日落之后，半空中浮起一层傍晚特有的薄雾，光线洒落其中，将远处的事物照得清清楚楚。

苏醒：春天的序曲

2月10日。今天我听到了今年第一次鸟叫，那叫声如歌声般美妙。然后我注意到，阳光下有一对蜜蜂在敞开的窗户边嗡嗡地飞来飞去。

2月11日。夕阳西沉，傍晚随即笼罩在玫瑰色和淡金色的光线下——夜来临了。夜里，我听到了预示着春天苏醒的嗡嗡声，非常微弱。在地里？是初生的小虫？我不知道，但我听得见那声音。我靠在围栏上，望着西方的地平线。过了一会，我把目光转向天空。东方的阴影逐渐加深，天狼星闪着炫目的光彩出现了，还有那巨大的猎户座，以及矗立在东北方向的、巨大的北斗七星。

2月20日。日落时分，池塘边孤独而舒适。我在用一棵橡树苗锻炼自己的手臂、胸部和整个身体，这棵树苗近四米高，有我的手腕那么粗。我又拉又推，激起了一阵叶香。在和橡树推搡一阵之后，我可以感受到它从大地里涌出的年轻的树液和美德，从头到脚像酒一般刺激着我。后来，为加强锻炼，我又变换花样，开始练习发声。我开始慷慨激昂地大声朗读诗歌或戏剧中的经典片段，这些片段或是感伤的，或是悲哀的，或是怒气冲冲的。我鼓足了气，唱着在南方听到的野调小曲，还有我在军队里学到的爱国之歌。我告诉你，我的歌声产生了回音！暮色降临，正在我情感迸发的间歇，一只猫头鹰落到小溪对面，发出“呜——呜——呜——”的声音，温柔而哀怨，似乎还带着点讽刺。声音重复了四五遍，像是对黑人歌曲的喝彩，又像是对那些悲伤或愤怒的诗歌做出的嘲讽。

Petit Andely 1886
a Madame
Bien

未知：人类总是好奇藏在身后的东西

在一片孤寂之中，远离原先的住宅，独自一人来到树林里；或者，正如我发现的那样，在野外草原上，在沉静的山脉中，没有人能够完全摆脱想四下环顾一番的天性。我就从未摆脱，其他人私下里也和我说过同样的话。大家都希望会有人突然出现，或是从泥土里钻出来，或是从大树或岩石后面冒出来。好像大家都觉得有什么未知的东西隐藏在灌木丛，或是在某些僻静的地方，一定有一些看不见的东西存在。这是为什么呢？是从野生动物或者野蛮的祖先那里继承下来的残存的、原始的警惕性？我不知道，但至少这不完全是紧张或恐惧。

彩虹：大地与天空的绚丽通道

2月22日。从昨夜到今天，天空一直都乌云密布，淅淅沥沥地下着雨。一直到今天下午三点左右，凉风骤起，乌云像窗帘一般散去，天空一片清朗，还伴着一束美丽至极、令人叹为观止的彩虹。我从未见过这般壮丽的彩虹，它是如此完整生动。它的两端落在大地上，色彩斑斓地向四周蔓延：有紫色、黄色、褐色和绿色。在阳光的照耀下，彩虹从头顶的各个方向铺散开。光线与色彩的完美调和，这般绚丽柔和，我之前从未见过。它持续了整整一个小时，直到落在大地的两端完全消失。之后的天空泛着透明的蓝色，飘着朵朵白云。最后，一轮落日填满并主宰着整个感官和灵魂，温柔而圆满。我在池塘边写完这篇日记，此刻的光线足以让我透过傍晚的阴影，看到光亮如镜的水面上倒映着的西方的天空和树木。时不时，还能听到梭子鱼跳出水面的扑通声。我想，这一跳定然激起了阵阵涟漪。

春临人间万物先知

4月6日。确实可以感受到春天的气息了，或者说已经有了春天的迹象。我坐在小溪边，阳光明媚，水面刚刚被风吹过，泛起阵阵涟漪。早晨的一切都是那么寂静，那么清新，那么慵懒。陪伴我的是两只翠鸟，它们盘旋，俯冲，降落，有时候任性地分开，然后又飞到一起。我听到它们从喉管里发出的一遍遍的呢喃。有段时间，周围除了这样特别的呢喃，没有其他任何声音。临近中午，鸟儿们也热闹起来，纷纷开始各种鸣叫。乐章包含两个部分，有知更鸟尖利的鸣啼，还有一种清晰动听的咯咯声，但我叫不出那些鸟儿的名字。池塘边，一群雨蛙也不耐烦地加入其中，不时咕噜咕噜低沉地叫着。强风阵阵，掠过树林，发出嘶嘶声响。接着，一片可怜的被冻得太久的枯叶，从空中某处盘旋而下。这叶子在宽阔的空间里，在明媚的阳光下，放纵自由地狂欢，接着冲入水里，被水紧紧抓住，很快就沉了下去，消失得无影无踪。灌木依然是光秃秃的，山毛榉上还残留着上个季节遗存下来的黄叶，看上去皱巴巴的。杉树和松树四季常青，草地也毛茸茸的，一片即将欣欣向荣的景象。天空透着纯净美妙的蓝色，阳光缕缕，来来去去，好似在游戏；白云朵朵，如同羊绒，静静地飘浮游弋。

土壤：一切生长的力量都蕴蓄于此

还是土壤。让其他人去写大海，去写空气吧。虽然有的时候我也会去尝试写别的东西，但此刻我还是想以土壤为主题。这里有棕色的土壤，介于冬天结束和春天草木发芽之间的棕色土壤。昨晚下了阵雨，今早的土地散发出清新的味道。红色的小虫扭动着身躯，钻出地面。枯叶、嫩草、各种潜在的生命以及一切想要努力生长的事物，都在进行快乐的挣扎。隐蔽处已有几朵小花绽放了，远处的冬小麦和黑麦田也初露绿颜。树木仍然是光秃秃的，枝丫间的空隙清晰可见，让人不禁展望起那藏匿在夏天的远景。此刻正是艰难的休耕期，大家驾着犁在翻土，一个敦实的小男孩正吆喝着鞭策着他的那些马，马儿脖颈上架着铁犁，翻起一长条又一长条的黑色土壤。

春天是鸟的天堂

过了一段时间，天气逐渐明朗起来。四月底五月初的这几天，耳边总是会有画眉悦耳动听的音调出现。的确，各式各样的鸟儿已经开始活动，它们飞来飞去，鸣叫着跳跃着，或是停在树上休憩。以前我从未看到过或是听到过它们，但在今年，我却深入其中，被它们包围、淹没。它们宛如海洋一般，一浪接一浪，连绵不断。这里我想列出我在这儿遇到的鸟儿：

黑鸟（很多）、草地鹨（很多）、斑鸠、猫鸟（很多）、猫头鹰、布谷鸟、啄木鸟、池塘鹬（很多）、食蜂鹟、红眼雀、乌鸦（很多）、阔克鸟、鹪鹩、地面罗宾、翠鸟、大乌鸦、鹌鹑、灰色鹬、土耳其秃鹫、老鹰、雌鹰、大孔鸟、黄鸟、苍鹭、画眉、山雀、芦鸟、斑尾林鸽。

早些时候还有：蓝鸟、百灵鸟、小水鸟、白腹燕、凤头麦鸡、矶鹬、知更鸟、威尔逊画眉、丘鹬、北美啄木鸟。

若无满天繁星，精神何以愉悦

5月21日。回到卡姆登，我再一次感受到了那通透异常、繁星密布的蓝黑色夜晚。它仿佛是在炫耀：白昼啊，无论你多么狂妄自大，我总有一些东西能胜过你。从黄昏到晚上九点，天空时而透明时而昏暗，一种罕见的模糊画面隐现，精美至极，不枉我跋山涉水地来到这里，来到特拉华州。金星像闪亮的银子一般在西方的天际发光；新月苍白而瘦弱，刚出来半个小时，就倦怠地沉落在条形云朵之下，然而不一会儿又露出脸来；牧夫座的大角星高高悬挂在天空。一股淡淡的海味从南方飘来。朦胧的蓝色天幕，旷野上吹来的阵阵晚风，这些都已足够神奇。黄昏温和而凉爽，此情此景，有一种难以言表的舒适。这样的时光总是能触动灵魂。是啊，如果没有夜晚和星星，何谈精神的愉悦？

夜晚慢慢推进，一种莫名的威严感在我的身体和精神里迅速弥漫。我几乎可以确定地感受到，大自然静静的，就在身边。巨大的水蛇座，展开它盘绕的身躯，占据了大半幅天空；天鹅座则伸开翅膀，飞向银河；北冕座、天鹰座、天琴座也已全部就位。光点，穿过清澈的蓝黑色的天空射了下来，洒落在我的身上。所有的生命，此刻看上去都是那么虚幻，那么不真实。我感受到一股神奇的力量，这力量如同安歇的埃及众神，触不可及。早些时候，我还看到很多蝙蝠在落日的余晖中飞舞，它们的黑色身影在河面上来来回回；但是此刻，它们已全都不见踪影。晚星和月亮已经消失，流动的阴影却无处不在，周围一片寂静。

8月26日。白天依旧明亮，我的精神也是一样的雀跃。当夜晚来临时，一切又变了。夜的温柔与壮丽，透着一种无法言喻的忧郁。金星，带着今夏从未有过的绚烂，闪烁在西方的天际；火星早早升起；涨红脸的月亮两天前就圆满了；木星在夜空子午线上；天蝎座在南边伸展着长长的蜷曲的身体。转瞬间，火星已步入整个天际的最高处。这个月每天晚饭后我都会去仰望它，有时候半夜醒来，忍不住再去看一眼它那无与伦比的光亮。紧随火星之后的便是那苍白而遥远、临近天际的土星了。最近读到一则新闻，说一位天文学家通过新型华盛顿望远镜看到火星周围有卫星，有可能是两颗，但至少是有一颗。

卑微不等于没有价值

随着夏天的到来，田里到处都是毛蕊花的身影。这种绿褐色的大朵花如天鹅绒般质地柔软，有一种平静的气质。它们是大地上最早的一批丛生植物，阔叶低垂，每一株有八片到十片甚至二十片叶子。这种花在小路尽头的耕地上，特别是在边缘的篱笆附近，长得尤为繁盛。它们起初是贴着地面，但很快就长了起来。毛蕊花的叶片宽如手掌，低处的叶子更是有手掌的两倍宽。清晨，它们是如此新鲜，还带着露水。它们的茎秆现在有一米五甚至是两三米高了。农夫们认为毛蕊花是一种价值甚微的杂草，但我却很喜欢它——每一个物体都有它的价值所在，不是吗？最近，我有时候就在想，这些强韧的、开着黄色小花的野草，也许就是为了我而聚集在此的。一大早，我走在小路上，停在毛蕊花前，在它们羊毛般柔软的花朵、茎秆和阔叶前驻足观赏。花儿朵朵，像是镶了无数钻石，在阳光下闪耀着。已经三年了，每一年的这个时候，它们都与我静静地相聚于此。我会长时间地站着，或是坐在它们中央，一边休息，一边沉思。我如此长久地待在这里，整理我的思绪，这也是我康复的一个部分，我不稳定的情绪在这里可以恢复平静。

永恒的安宁正在于不安分地躁动

9月2日。斧头砍树的声音，打谷枷砰砰的节奏声，谷仓里雄鸡的啼鸣以及从其他谷仓里传来的始终如一的回应，还有牛儿的低声沉吟，多么丰富热闹的中午。当然，最亲切的还是风声。这是长久以来最为凉爽的一个中午，风儿穿过高高的树冠，穿过低处的灌木，温柔地抚摸我的脸和手。我当然不会为这样的风叹息，于我而言，风声是坚定、理智、愉快的表达，虽然只有一种音调，却有很多变化，或轻盈或缓慢，或密集或微妙。远处松林里飘来的风，嘶嘶作响。若是在海上，我可以想象到，此时此刻，一定是波涛澎湃，泡沫漫天飞舞，盐的味道在空中弥漫，远处传来一阵阵自由的鸣笛。这是一个巨大的悖论，如此的活跃和不安分传递的却是一种永恒的安宁之感。

最近，就在这里，天空绽放着从未有过的壮丽。白天如此明媚，那绚丽的星球帝王，如此巨大，如此热烈而可爱。月夜格外辉煌，特别是这三四天。星河异常灿烂，火星闪着巨光，带着轻微的黄色调，从未像这般发光发亮。天文学家会说，这是真的吗？是的，这时的星星比过去一百年中的任何一天都更靠近我们。喷涌吧，我的木星，尽管你和月亮靠近已经有一段时间了。在西方天际中闪耀的金星，因为过度的绽放，此刻变得软弱无力了，仿佛是纵欲过度了似的。

赤裸身体难道不下流吗？

8月27日，星期天。又一个没有明显的虚脱和疼痛的日子。在我缓慢跛行于乡间小路，穿过田野，沉浸在美好空气中的时候，来自天堂的安宁和滋养正一点一滴微妙地渗入到我的心里。我独自一人坐在这里，孤身与这空旷的、沉默的、神秘的、动人的大自然做伴。我让自己融入这景色之中，融入这完美的一天之中。温柔汩汩的流水让我的心情得到舒缓，一米宽的瀑布让我的心灵获得宽慰。来吧，你这闷闷不乐的人！来这里享受溪岸，享受树林和田野。整整两个月（1877年7月至8月），我一直从它们身上汲取力量，是它们塑造了一个全新的我。每一天，就这样隐居着。每一天，至少有两到三个小时，没有语言，没有束缚，没有衣裳，没有书本，也没有礼节。

亲爱的读者，我是否应该告诉你，是什么让我的身体恢复了这么多吗？过去的两年里，我几乎都没怎么服药，而是每天在户外活动。去年夏天，我在小溪边发现一块特别隐蔽的小谷地，这里之前是人们挖的一个很大的灰泥坑，现在废弃了，长着灌木、大树、小草和杨柳。水滩零散地分布着，一股水流从中流出，还伴着两三个小瀑布。天气炎热的时候，我会躲到这里来避暑。在这里，我领悟了那位老者的话，他说：一个人的时候其实并不孤独。之前我从未如此亲近过大自然，大自然也从未如此亲近过我。出于习惯，我会用铅笔当场记下我的情绪，记下景色，记下时间，记下色彩和轮廓。让我记录下我此刻的这种满足感吧，它是如此的祥和、原始，如此的脱俗、自然。

早餐之后，我来到之前提到的那个隐蔽的小谷底。这里只属于我和几只鸟（画眉、猫鹊等）。西南风盈盈地吹过树冠。此时此地，我像亚当一样享受着空气浴，从头到脚洗刷自己。我把衣服挂在一旁的栏杆上，头顶宽边草帽，脚登舒适便鞋。多么美好的两个小时！开始的时候，我用坚硬的鬃毛刷刷洗我的手臂和胸膛，直到皮肤变红；然后我将身体的一部分沉浸在流淌着的清澈小溪中，闲适地享受着一切。偶尔我会休息一下，赤脚在周围黑色的软泥上来回走动几分钟，让双脚做一次润滑的泥浴，之后，再在水晶般的流水中冲洗两三次，用充满香气的毛巾把脚擦干。我在阳光下，在草地上，随意漫步，再用鬃毛刷刷洗脚丫。有时候，我会带着小椅子，从一个地方到另一个地方。我在这儿的活动范围很广，差不多方圆五百平方米。在这里我感到很安全，不会受到外界的侵扰，即使偶尔有，我也一点都不感到心烦。

我在草地上缓慢散步。在阳光的照耀下，我的影子也一直跟随着我。我似乎已经莫名地和周围的一切融为一体。大自然是裸露的，我也是。一切都太慵懒、太舒适、太愉悦了，让人什么都不愿去想，但我还是会偶尔想想：也许我们内心深处从未与大地、与阳光、与空气、与大树等断过联系，只是我们的眼睛和心灵从未意识到这一点。但是通过肉身与大自然的直接接触，这种联系又恢复了。我不愿再让我的双眼被蒙蔽，也不愿我的身体被束缚。我喜欢在大自然中甜蜜健康地裸露着身体！啊，让城市里那些可怜的、病态的好色之徒能真正地再了解你一次，那该多好！赤裸着身体难道不下流吗？不，本质上来看不是的。真正下流的是你的思想、你的复杂、你的恐惧和你虚伪的所谓体面。有时候，我们不得体的穿着不仅会让别人厌烦，也会让我们的心情更加糟糕。确实，对于有些人（这样的人成千上万）来说，他们是没有资格享受这种在大自然中裸身所带来的自由喜悦之感的，因为他们并没有真正地了解什么是纯洁，也没有真正明白什么是信仰、艺术和健康。我突然又想到，也许古希腊民族所开创的那些上乘的关于哲学、美学、英雄主义、形式主义的课程，正是缘于他们对裸体自然而又虔诚的想法。

过去的两个夏天，我度过了很多这样的时光，我的康复主要也归功于此。有些人或许认为，如此消耗大量的时光去思考一些虚无的东西，这种做法纯属无聊和不正常。怎么说呢，也许他们是对的。

与自然融为一体，孤独原来如此快乐

1877年9月5日。此刻是上午十一点，我开始写下下面这些文字。此时，我正坐在岸边一棵浓密的橡树下，躲避一场突如其来的大雨。阴沉的小雨下了一个上午，一小时前才停止。我来到这里是为了进行前面提到的我所喜爱的日常锻炼——拉着那棵年轻的山核桃树苗，晃动它坚韧而笔直的树干，这样或许我的老肌腱可以从中获得一些弹性纤维和清澈精元。我站在草地上，力量适中地做着这些拉伸训练。我断断续续运动了大概一个小时，吸入了大量的新鲜空气。我漫步在小溪边，这儿有三四个天然的休息场所。我随身携带着小椅子，累了可以休息一会儿。我也会选择其他方便锻炼的地方，除了刚刚提到的山核桃树，结实而柔软的山毛榉和冬青枝，也是我天然的健身房。我可以锻炼我的手臂、胸部和躯干。我很快就感受到了身体内的精气在上升，就像加热的水银一样。在阳光和阴影中，我轻柔地抓住树枝或是细细的树干，和它们进行较量。它们是那么纯洁与坚韧，深深地影响了我。也许我们是在互相交换，大树或许比我所想的更加清楚这一点。

现在，我被禁锢在这棵大橡树底下，坦白说，我的心情很愉快。雨水滴落，天空中乌云密布。池塘一侧什么也没有，另一侧是一片草地，上面点缀着奶白色的野胡萝卜花。远处木堆处，传来挥动斧头的声音。在这沉闷的景色中（大多数人都这么说），为什么我独自在此会觉得如此快乐呢？为什么任何打扰都会破坏这份魅力？我孤独吗？我确定这样的时刻来临了，也许它曾经也来临过。一个人的全身，特别是情感部分，天然地与自然融为一体，这也是谢林[①]和费希特[②]非常喜爱的一种融合。我能意识到这种融合的存在，但同时我也非常清楚，这是任何化学、推理或是审美都无法解释的。在过去的两个夏天

① 弗里德里希·威廉·约瑟夫·冯·谢林（1775—1854）：德国哲学家。
② 约翰·戈特利布·费希特（1762—1814）：德国哲学家。

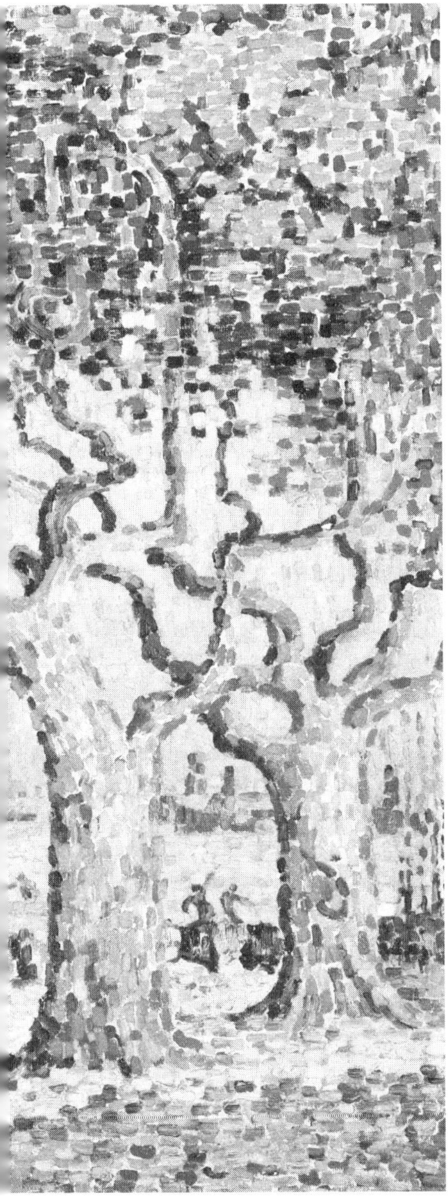

里，它一直滋润着我病弱的身躯和灵魂，这是从未有过的。谢谢你，这位看不见的医生，谢谢你默默提供的良药，谢谢你日日夜夜的陪伴。谢谢你，流水，空气，河岸，草地，大树，甚至杂草！

初霜下的世界变了

10月6日。我在即将日出时出去散步，看到到处都是初下的霜。绿色大地覆上一层淡淡的蓝灰色薄纱，整个风景被赋予了新的精彩。我没有太多时间去观察它，因为太阳一旦升起，它就会消失。果然，当我沿着小路返回时，它就变成一片潮湿的东西，在那里闪闪发光。我走着，发现野棉花已经开花了，这里的人称它为印第安大麻。野棉花如丝般柔滑的内里，镶嵌着红褐色的种子，像一只受到惊吓的小兔子。我摘了一把生机勃勃的凤仙花，揣在兜里，花儿散发出阵阵芬芳。

乍暖还寒的日子寻找自然之美

1878年2月7日。今天阳光灿烂，空气中有一丝轻霾，透着些许寒意。此刻，我正坐在乡下的一棵老杉树下。先前，我在这片树林里沿着池塘边游荡了两个小时。我拖着我的小椅子，看到合适的地方就坐下来休息一会，然后再站起来，优哉游哉地接着闲逛。这里一片宁静，没有夏日的喧闹和活力。今天甚至和以往的冬日也不一样。我自娱自乐，大声朗诵练嗓子，抑扬顿挫地按照字母顺序发出元音，我发现竟然连回声都没有。远处只有一只乌鸦孤寂单调地叫唤着。池塘里一片明亮、平滑，没有一丝涟漪，就像克劳德·洛兰①画笔下的一面巨大的镜子。在这里我可以仔细研究天空、光线、没有叶子的大树以及偶然飞过头顶、扑闪着翅膀的乌鸦。远处，褐色的田野上还残留着一块又一块雪的痕迹。

2月9日。一个小时的漫步之后，我坐在池塘边，准备休息一会儿再往回走。这是一个温暖的角落，没有一丝风。此刻是正午之前，我在这里写下这些文字。深受大自然的熏陶和影响，我和其他人一样也爱上了这种现代趋势（这种趋势来自于所有流行的观念、文学和诗歌），把一切都变成悲怅、厌倦、病态、不满与死亡。但是我很清楚，这些结果不是天生的，也与自然的影响完全无关，这只是一个人自身的扭曲、病态和愚蠢。在这里，在这狂野、自由的景色中，一切是多么健康欢乐，多么纯净甜美，多么活力四射！

下午三点左右。谷仓南面有属于我的一个小角落，此刻我坐在这里的一根圆木上。我依然沉浸于阳光中，避开风口。我附近有一群牛，正吃着玉米秸秆。偶尔会有一头奶牛或小公牛在我落座的圆木一端又蹭又啃。奶味香浓，混合着谷仓里的干草香，好不清新！干燥的玉米秸秆一直沙沙作响，萦绕在谷仓

① 克劳德·洛兰（1600—1682）：法国革新派风景画家，善于把自然景观与人文思绪相结合，开创了以表现大自然的诗情画意为主的新风格。代表作有《河畔风景》《真实之书》等。

周围的风低声沉吟着，耳畔不时传来猪的咕哝声、远处火车的鸣笛声，偶尔还能听到公鸡打鸣的声音。

2月19日。昨夜寒冷刺骨，晴朗少风，满月在空中闪闪发亮，大大小小的星星和星座布满天空。天狼星很明亮，早早就升了起来。紧接着是众星环绕的猎户座，闪闪发光，巨大无比，它挥着剑，追逐着他的猎物。大地被冻得冰冷坚硬，池塘上闪着刺眼的冰光。我被夜晚沉静的美景吸引，本打算出去散个步，结果还是抵不住寒冷而折回。天气真是太冷了，到了早上九点，我本想出门，结果又一次折了回来。不过此刻已接近中午，我迎着阳光，沿着一条小径一路往前走。这片田野有一处向着阳光的山坡，景色十分宜人，我坐在这里堤岸的背风处，靠着水边。蓝鸟在周围飞来飞去，我听见它们叽叽喳喳的声音，偶尔这叫声还似乐曲般动听，在午间灿烂的日光中很是让人温暖。听！那是真正的颂歌，奔放、反复，好像是歌手有意为之。接着，又响起知更鸟的颤音，对我来说，这是最动听的鸟鸣声。

罗伯特·彭斯[①]曾在他的一封信中写道："在一个多云的冬日走在树林的背风处，倾听狂风在树林间穿梭时、在平原上呼啸时发出的声音，世上再没有什么能比这给我带来更多快乐了。我最喜欢这样的季节，最喜欢这样的景色。"他的那些最具特色的诗歌作品正是在这样的景色和季节中完成的。

① 罗伯特·彭斯（1759—1796）：苏格兰诗人，代表作品有《原始的苏格兰歌曲选集》《友谊地久天长》等。

寒冷阻挡不了野云雀的歌喉

3月 16 日。一个美丽晴朗的早晨。太阳升起已有一个小时， 空气还是刺骨的冷。二十米之外的栅栏上， 一只野云雀正在那引吭高歌， 它的歌声让我提前收获了一整天的福利。你听， 那两三个流音音符， 中间不断重复， 充满无忧无虑的欢乐与希望。野云雀闪烁着奇异的光芒慢慢前进，迅速无声地挥舞着翅膀。它飞过路边， 落在栅栏的另一根柱子上，一会儿又换一根， 如此反复，唱了许多分钟。

光与影在自然画布上的杰作

5月6日，下午五点。这是光与影相互作用发出奇特效果的时刻，这种时刻足以让画家发狂。光宛若融化了的银子般一道道穿过树林，每片叶子和每根布满绿叶的枝干仿佛就要被点燃。光束洒落在鲜嫩的无边无际的草地上，每一片草叶，整片草地，都显示出无与伦比的壮丽，这是其他时刻不曾有的。在一些特定的地方，我可以看到这些效果的完美展现。水面上泛起层层水花，伴随着许多闪闪发光的涟漪，模糊了其后迅速加深的暗绿色的透明阴影。

橡树的低语——只为你一人

6月2日。这几日都是阴沉沉的。今天已是东北部暴风雨来袭后的第四天。前天是我的生日，我已经六十岁。这几天又是风又是雨，但我还是坚持每天都穿着套鞋披着雨衣，来到池塘边，躲在大橡树的背风处。此刻我就是在这里写下这些文字的。云朵像是被烟熏过一样，深黑色的一片，在天空中激烈地翻滚。嫩绿色的橡树叶垂挂在我的身边。风儿平稳地吹过上方，像是头顶上拂过的一曲舒缓的音乐——那正是大自然有力的私语。我独坐于此，思考着我的一生。想着过去的那些事情，那些日子，像链条一般，不悲不喜。但不知为什么，今天在这雨中的橡树下，我却有些不同往日的思绪。

这棵大橡树坚定强壮，生机勃勃，根部足有一米五米粗。我常常靠着它坐下。附近的鹅掌楸，被称作树木中的阿波罗，它们高大优雅，健壮有力。如此美丽，充满活力而又繁茂的生物，似乎只要它愿意，就可以行走起来。有一天我曾陷入这样一个恍惚的梦境：我看见我喜欢的这些树都走动起来，非常诡异，有一棵树还俯身在我耳边低语：我们特别为你这么做的，仅仅是为了你。

三叶草芬芳了美丽的夏天

7月3日到5日，连续三天都是晴朗、炎热、喜人的天气。这真是个美丽的夏天。长出来的三叶草和杂草都已被割掉，熟悉的芬芳飘满谷仓和小路。一路走来，你可以看到微微染黄了的灰白色田野，松散堆放的谷物，缓慢移动的货车，还有田里的农夫和壮实的小伙子——他们正在把一捆捆谷物装上车。玉米马上就要抽穗了，光滑的暗绿色长须，数不胜数，弯弯曲曲，随风飘扬。我听见我的老相识鹌鹑在引吭高歌。此刻很难听到夜鹰的歌声，不过，前天晚上我曾听到一只孤独的夜鹰在鸣叫。我注视着一只红头美洲鹫，它在空中肆无忌惮地飞翔，有时候飞得很高，有时候飞得很低。我能看见它的身体轮廓，甚至能看到它展开的羽翼根部，如同空中的浮雕。有一两次我看见一只老鹰，在掌灯时分，低低地盘旋在半空。

我在观察你，你在窥测我

6月15日。今天我注意到一种新型的大鸟，差不多有一只成年母鸡那么大。它挺着白色的腹部，挥着深色的羽翼，看起来像是一只鹰。我是从它的喙和整个外观来判定它是一只鹰的，同时，只有鹰才会发出如此清晰、洪亮、悦耳、如铜铃般的叫声。它栖在那高高悬垂于水面的枯木顶端，一遍又一遍地叫着。我坐在河岸边，观察了它很长时间。只见它俯身冲下，轻盈地掠过水面，随后慢慢升起，好一幅壮丽的画面！接着它展开宽阔的翅膀，根本不用扇动翅膀就平稳地飞了起来。它贴着湖面忽上忽下来来回回飞了两三次，就在我附近绕圈子。从我这个角度看得十分清楚，好像它特意飞来让我欣赏一般。有一次它飞得离我的头顶很近，我清楚地看到了它钩状的嘴喙和焦躁不安的眼神。

羽毛隐士的“悸动”乐曲

简单的鸟鸣声中蕴含了许多音乐，那声音简单、原始，充满野性，却又那么甜蜜。过去的半个小时我一直坐在这里，某个有羽毛的家伙在丛林中一遍又一遍地吟唱着一种被我称之为“悸动”的乐曲。就在此刻，一只知更鸟大小的鸟儿出现了。它周身紫红，在丛林中翩翩飞舞，它的头部、翅膀还有身体都是深红色的，不是特别明亮。四点钟的时候，一场音乐会在我周围开始了，各种不同的鸟儿全情投入。偶尔飘了些雨，所有的植物都显得愈加生机勃勃。我坐在湖边的一根圆木上，写下这篇日记。远处传来鸟儿的鸣啼，附近树林里，一只长满羽毛的隐士正在引吭高歌。这里虽没有特别多的音符，但都充满了人情味，优美的歌声在林间萦绕许久。

纽约和费城绝没有大片的美洲薄荷

8月22日。目之所及，没有一个人，甚至连人存在的迹象都没有。我结束了半天一次的日光浴，坐下来休息片刻。丛林中一只猫鸟焦躁地叫唤着，与之相比，溪水的哗哗声更富乐感。从我开始散步到走到这里已有两个小时，途中我穿过一片田野和一条古老的小巷子。此刻，我停下来观望，我看到了天空、一英里外山丘上的树林、苹果园。这里与纽约和费城的街景简直是天壤之别！这里每到一处都开着大片的美洲薄荷，空气中飘荡着一种清凉而辛辣的味道，特别是傍晚的时候。此外还有大片的北美兰草和野蚕豆那如玫瑰般的花朵。

翠鸟也是需要观众的

7月14日。我的两只翠鸟仍然在池塘附近出没。在这个阳光明媚微风和煦的中午，我怀着完美的期待，坐在一条汩汩流淌的小溪边，用一支法式水笔蘸着晶莹的溪水，写下这些文字。我一边写，一边观察那对翠鸟。它们在水面飞行，身体几乎贴近水面，不停嬉闹着。这里好像只有我们三个。差不多一个小时的时间里，我就这样懒洋洋地看着它们，融入它们的世界。它们飞来飞去，嬉戏打闹，时而飞离小溪很远，消失一会儿，但肯定会再次回来。它们在我目之所及处进行飞行表演，好像知道我被它们的活力吸引，正欣赏着它们。它们飞越了广阔的草丛、树林和蓝天，迅速地画下一缕缕精美的转瞬即逝的线条，好似无声电流一般。小溪汩汩，流水潺潺，周围的树枝在阳光下阴影婆娑。西风凉爽，穿过浓密的灌木丛和树梢，发出微微飒飒声。

在这隐匿的地方，各种美丽有趣的东西真是无比多。我看到了蜂鸟，还有翅膀好似灰色薄纱的蜻蜓，以及各式各样漂亮的蝴蝶。蝴蝶懒散地拍打着翅膀流连于野花丛中。毛蕊花已经从阔叶丛中冒出头来，花茎有近两米高，金色的球状花朵正布满其间。乳草花开了，镶着精致的红色花边。锥形的花茎顶着一簇毛茸茸的花朵在风中摇曳。写下这些文字的时候，我看见一只巨大的黑黄色生物落在其中一株乳草花上。不论是漫步时还是闲坐时，我都能看到这些，当然，还有其他的植物。最后的半个小时里，一只鸟儿正在灌木丛中唱着一曲简单甜蜜、旋律优美的歌谣。我坚信，附近的鸟儿都是为我而歌唱、飞行、玩耍的。

威廉·卡伦·布莱恩特[1]之死

这里是纽约市。我乘坐下午两点的火车从费城西部来到泽西市，来到我的朋友J.H.J夫妇家。他们家族庞大，住宅宽敞，最重要的是他们心胸广阔，在他们家我感觉就像是在自己家一样安宁平静。这里靠近第五大道八十六街，十分安静，可以俯瞰公园边缘茂密的树林。这里视野开阔，空气清新，有无数鸟儿在啼鸣。我是在出发前两个小时看到威廉·卡伦·布莱恩特的讣告的，我很想参加他的葬礼。我和布莱恩特先生相识三十年，他对我非常友好。多年来，我们经常能碰到面，见面时一定会好好地聊一聊天。我觉得他有自己独特的交际方式，是一个很有魅力的人。我俩都喜欢散步。我在布鲁克林工作的时候，有几次，他在下午来我这里，我们就结伴漫步几英里之远，一直到天黑，一直漫步到贝德福德或是弗拉特布什。每当这时候，他都会给我详述他在欧洲的见闻——城市的市容市貌、建筑艺术等等，特别是意大利，因为他经常去那儿旅游。

7月14日是布莱恩特先生的葬礼。此时，棺材已经合上，里面躺着的是一位善良、纯洁、高尚、年迈的公民，一位诗人。不论是精神上还是感官上，这都是庄严、难忘的一幕。白发苍苍的老人、远近的名人聚集一堂，十分引人注目。教堂里有精心演奏的圣歌和其他音乐。虽然现在还是中午，阳光可以透过窗户上的窗花射进屋内，但教堂内仍然有些昏暗。在悼词中，大家缅怀着诗人。他是如此热爱大自然，曾精彩地歌颂过大自然中的各种风景和各个季节。最后我想以一段著名诗句作为结束，这些诗句充分地表达了布莱恩特的心声：

我凝视着绚烂的天空，

---

① 威廉·卡伦·布莱恩特（1794—1878）：美国早期自然主义代表诗人之一，代表作品有《死亡观》《致水鸟》等。

环顾着四周的青山，
思考着。
当我躺下的时候，
我将在大地中安歇；
最好是在繁花似锦的六月，
那时候小溪哼着欢乐的歌曲，
树林充满愉悦的声音，
教堂司事为我开墓，
青山上绿油油的草皮将会裂开。

快艇上的哈德逊河风景

6月20日。我乘坐“玛丽·玻维尔号”航行，欣赏着前所未有的美景。温柔美好的夏日，温暖的程度刚好足够。两侧河岸的风景变化多端，美不胜收。我们一路向北行驶了将近一百英里。一路上，我看到了帕利塞兹又高又直的石墙、美丽的扬克斯、令人惊艳的欧文顿，还有连绵不断的山脉。山脉大都线条柔和，裹着碧绿。远处的弯角，好似蒙着蓝色面纱的巨大肩膀，这里常有灰色和棕色的岩石高高耸起。河流时而变窄时而变宽，许许多多的小船、快艇扬起白帆，在远处或近处航行。漂亮的村庄和城市迅速交替，不断变换。由于我们的船是一艘快船，所以一路很少停下。沿岸是图画般的西点军校，昂贵的塔状大厦闪烁着明快的色彩，透过树林，构成独特的风景。

幸福是亲手摘下的覆盆子

6月21日。此刻我身处在一座漂亮、宽敞，被金银花和玫瑰花包裹着的小村舍，村舍的主人是约翰·巴勒斯[1]夫妇。村庄位于哈德逊河的西岸，距纽约北部八十英里，靠近伊索珀斯。这地方，六月里的白昼与黑夜堪称完美，我十分喜爱这种清新和凉爽。这里有热情好客的约翰夫妇，有新鲜的空气和水果。我特别喜欢黑加仑和覆盆子，它们新鲜又好吃，是我亲手从树上摘下的。我居住的房间有一张完美的大床，窗外视野开阔，可以看见哈德逊河及对岸。迎着落日的方向，远处传来火车轰隆轰隆的声音，如此美妙、安宁、祥和。金星预示着拂晓的来临，日出就这样无声无息地泼洒开来，发出万丈光芒。我用擦身的刷子将自己好好地刷了一遍，感觉很好。和我们住在一起的艾尔还帮我搓了背，为我枯槁的身躯注入新的生命，我又振奋起来。接着，阵阵晨风之后，巴勒斯送上了美味的咖啡、奶油、草莓和其他食物，这便是我的早餐。

① 约翰·巴勒斯（1837—1921）：美国19世纪著名的博物学家。

在贫穷饥饿间挣扎的流浪家庭

6月22日。今天下午我跟约翰·巴勒斯还有艾尔一起出门，在乡间四处转悠。不朽的石墙，这些值得尊敬的老伙计，斑驳地点缀着深色的地衣。周围有许许多多漂亮的洋槐树；哗哗的流水，时常从岩石上落下。这里到处是上上下下的坡地，有时候还十分陡峭，幸运的是这里的道路是一流的，当然，仅就它们的现状而言。巴勒斯有一匹上等好马，这匹马强壮又年轻，温顺又跑得快。阿尔斯特县的河边有许多荒废的土地和山丘，那里到处是盛开的野花和繁密的灌木，美妙至极。动人的铁杉，大片的洋槐，精美的枫树，散发着芬芳的白亮杨，我好像从没见过比这更有活力的大树了。田野里，小路旁，高高的野雏菊繁茂异常，白似牛奶，黄似金子。

途中，我们遇到很多流浪者，有的是一个人，有的是结伴而行。其中有一个家庭，总共五口人，坐在摇摇晃晃的马车里，车上有些篮子，显然他们是以编织和贩卖这些篮子为生。男人坐在前面的低低的木板上驾着车，旁边坐着骨瘦如柴的女人，女人怀里抱着裹得严严实实的小婴儿。我们路过的时候，小婴儿红通通的小脚向我们伸过来。在其身后的车厢里，我们看见两个或是三个蜷缩着的小孩子。这是一幅奇怪、感人又相当悲情的画面。如果我是独自一人徒步而行，我会停下来和他们交谈一番。在我们回程的两个小时里，我们发现，他们一直和我们同路。马车行驶到一块僻静空旷的土地，他们停了下来，解开马具，显然晚上是要在这里露营。他们的马儿就在不远的地方安静地吃着草。男人忙着整理马车，小男孩拾来一些干柴，正在生火。我们走远了一些，又看到那位正在徒步的女人。她带着宽边太阳帽，我看不到她的脸，但她的体型和步态透露出不幸、恐惧和穷困。她的怀里依然是那个用破布包裹着的、饿得半死的小婴儿，她手里提着两三个篮子，她是想拿到下一个人家那里去卖。一个光着脚丫、五岁左右的小女孩，睁着大眼睛，拽着她的衣角，小跑着紧随其后。我们停了下来，询问篮子的价格，最后买了一些。当我们付钱的时候，她依旧把脸隐藏在太阳帽里。我们接着赶路，却又一次停了下来。艾尔的同情心显然泛滥了，他回到露营的地方，又买了一个篮子。他看到了那个女人的脸庞，和她交谈了一会儿。她的眼睛、声音还有举止如同尸体一般僵硬，好像是靠着电流在维持生命。看得出她很年轻，而和她在一起的男人却已到中年。可怜的女人！不知是怎样的经历、怎样的命运赋予了她那惊恐的面庞、呆滞的眼神和空洞的嗓音。

V字形的曼哈顿

6月25日。昨晚回到纽约。今天又出海，去了斯塔顿岛的一片广阔的海湾。航行途中充满了艰辛和颠簸，好在可以自由自在地观望漫长绵延的桑迪岬、纳瓦辛克高地、来来往往的船只。我们顶着烈日，穿梭其中。我特别享受每天最后的这一两个小时。温和的海风轻轻地吹来，在城市和水域上空形成一层薄薄的雾霾，并没有挡住什么，只徒增了一份美感。依我看，我在如此轻柔而带着海洋温度的微风中写作，陆地上肯定找不到能够超越它的同类美景。北河左侧，远景越来越靠近，三四艘军舰静静地停在那儿；在泽西岛一侧、威霍肯两岸，帕利塞兹石墙逐渐消退，最终消逝在远处；东河右侧是桅杆林立的海岸，桥面上壮丽的方尖塔竖立在两边，雾霾中依然清晰可见，好似两个巨大的孪生兄弟，自由地将铁索连环高高抛下，优雅地掷于滚滚流水之中。宽阔的水面上，到处都是熙熙攘攘的——不，不是熙熙攘攘，而是如同繁星一般密集的各类船只：大大小小的帆船和汽船、来来往往的渡船、不断抵达出发的货船，还有巨大的海轮。海轮黑色的铁皮十分现代，体积和动力都十分可观，船上装满了乘客和价值难以估量的货品。这里到处都是横冲直撞的白色鱼鹰，它们无畏无惧，优雅地倾斜着身躯，让人惊异。我在想，其他海岸或海面上的鸟类是否能胜过它们。它们倾斜的翼梁，有着鹰一般的美丽和动感。美丽的日子，自由的海洋，怡人的海风，纽约一流的小帆船和纵帆游艇也在此航行。V字形的曼哈顿从中耸起，被船只包围着，极富现代感和美国气质，却又带着奇异的东方色彩。那里人口稠密，尖塔座座，还有直冲云霄的摩天大楼林立在岛屿中央。绿色的树木与白色、褐色、灰色的建筑交相辉映，在奇迹般透明的天空之下，沐浴着来自天堂的万丈光芒，沉浸在水面上六月的薄雾里。

民主的栖息之地——纽约

我对纽约和布鲁克林的总体印象如下：这个岛上里里外外的、伟大的、热情的、具有海洋气息的人们，让我此行感觉甚好。南北战争爆发后，我就离开了这里，从未回来过。缺席了这么多年之后，如今，带着好奇，我又一次回到了那熟悉的人群和街道。百老汇，渡船，城市的边缘，民主的种植园，人类的外貌举止，所有这一切在此尽显。码头沿岸不断有马车经过，还有熙熙攘攘的旅游船；白天在华尔街和拿索街工作的人们，晚上到这里来狂欢。人群旋转移动，好似水流一般。各个阶层的人源源不断地聚集于此，布鲁克林在过去三周亦是如此。没有必要去详述每一分或每一秒。可以这么说，所有这些观感和人类品质，对于我来说都是一种安慰，甚至有一种无法言喻的英雄气概。他们体格健硕，眼神清澈，泰然自若，温厚而友好，生活在这里的人的行为、品位和智商肯定都优于世界上其他地方的人。人与人之间的友谊是如此微妙，也许单个人并不明显，但一旦团结在一起，就会凝结成一股强大的、显而易见的属于联邦的力量。这已经构成一种规律，成为普通人的特质。今天，我必须这么说，虽然愤世嫉俗者和悲观主义者也许会蔑视，但不论他们是如何想的，我依然十分赞赏当前纽约市民的人格，这直接证明了民主主义的成功，也解决了所谓有限制的自由与高度个人主义之间的悖论。我非常清楚一部分人是怎么看我的：年纪大了，腿又瘸了，拖着个病躯，却还终日忧国忧民。此次纽约之行，我每天接触到的如海洋和潮水般的大量人群，成为治愈我灵魂最有效的良药。在这巨大的栖息地，水陆融为一体。未来，曼哈顿岛和布鲁克林应该融为一座城市，一座倡导民主、风景优美的大城市。

-Rodez-

神性的惊鸿一瞥——灵魂时刻

1878年7月22日。我再一次来到乡间住下。日落之后，一切都奇妙地结合起来，形成了一个奇妙的时刻，那么亲近又那么遥不可及。我发现，完美或近似完美的白天，没有什么稀罕之处，但完美的白天与完美的夜晚，这样的组合却非常之少，甚至一生之中都难以看得见。而今晚我们就享受到这样的完美。日落之后留下清晰的万物，树荫遮挡之外，可以看到巨大的星星。八点之后，骤起三四朵乌云，旋风从四面八方横扫而来。没有雷声，星星低垂，似乎预示着一场猛烈的热风暴即将到来。但是风暴并没有真的来临，乌云、黑暗以及其他一切都迅速消散。之后的九点多一直到十一点，天空的整个景象暗含着一种分外清明、透亮的气氛。西北边，北斗七星指着北极星，环绕其周。东边偏南方向，天蝎座已完全显现，红色的主星在其颈部闪耀。这时，专横威严的木星也游了过来，一个半小时之后上升到正东方。十一点之后依然不见月亮，天空中很大一部分都落在大片斑驳的磷光之中。你可以比平时看得更深、更远。繁星点点，好似阳光下在田间闪耀的麦穗。并不是说有什么特别的光辉，也没有我在冬夜里看到过的光束那般刺眼，但是有一种奇妙的亮光射向你的视野、感官及灵魂。木星起到的作用很大。我确信，大自然的某些时刻，特别是早晨和傍晚的一些气息，是可以深入灵魂的。因此，夜晚也是可以超越高傲的白天，成为灵魂最为闪耀的时光。现在，天空前所未有地出现了上帝的荣光，向世人宣扬着《圣经》教义、那些先知和古老诗歌中的神旨。我已经放逐自我，完全沉浸在此情此景中，像是中了无法破解的魔咒。天空中繁星密布，一切都是那么清晰而又拥挤，就这么轻柔地把我吸引到其中，我的灵魂也不禁自由地上升，无限地升高，延向东西南北各个方向。我虽然在它们下方的中心，却收获着这一切。

大概是第一次，造物者无声地潜入了我。它默默无语，难以言喻，悄悄浸润着我，胜于任何艺术、书籍、说教和科学。这是属于灵魂的时刻，也是属于宗教的时刻，上帝在时间与空间上都给出了提示。天堂全都由这些未知铺设而成。银河，好似某个超人的交响乐，又似茫然宇宙的颂歌。神性的惊鸿一瞥，直达心灵。一切都是那么安静，难以言喻的夜晚和星空，遥远而寂静。

7月23日。今晨，日出前的一到两小时之间，苍穹中又上演了一道奇景，其别样的美丽与含义和昨晚的星空又不一样。月亮高悬于天庭，只露出半张脸，却依旧闪亮无比。空气和天空，那样玩世不恭的清澈透亮，透着智慧女神般的品质，有种原始的清新感，这不是多愁善感或故作神秘，亦不是难以捉摸的激情和狂喜，也不是宗教的虔诚。所有变化着的这一切，全都浓缩了升华，融为一景，与昨晚大不相同。此时此刻，每一颗星星都轮廓分明，以它们本来的样子尽情展现在天际中，以先驱者的身份告诉世界，新的一天开始了。我在这里体验到的，不单是一种美感，更是一种不带感情色彩的纯粹。我已详细描述记录过夜晚，但是我却不敢描述这万里无云的黎明，我不知道一个人的灵魂与拂晓之间究竟有着怎样微妙的联系。世间没有完全相同的两个夜晚和清晨。一颗巨星引领着，喷涌出白色的流光溢彩，超凡脱俗。两三束长度不一的光芒，如钻石般闪耀，穿过清晨新鲜的空气，照射下来。持续了一个小时，接着，太阳出来了。

东方。多好的诗歌主题！确实，其他哪里还有比这更富意义、更灿烂辉煌的主题？哪里还有比这更理想、更现实、更敏感、更精妙的主题？东方，承载了所有的主题、所有的年龄、所有的情感和所有人需要的答案。然而现在的东方，却是如此遥不可及，如此让人追忆！东方，这漫长的延伸，如此迷失自我；东方，亚洲花园、历史和诗歌的发源地！

永远的东方！古老，老得无法衡量！但在这里还是一样，每天早晨，它都如玫瑰般清新，并将一直如此。

9月17日。天幕又上演了一幕奇景，相同的主题，又刚好在日出之前，这是我最喜欢的时刻。天空清澈灰暗，东方黯淡地泛着猪肝色，凉爽清新的气息中透着潮湿。远处的牛羊和马匹在田里吃着草。金星再次出现，已有两个小时。仔细聆听，可以听见草丛里蟋蟀的喳喳声，雄鸡嘹亮的打鸣声，远处早起的乌鸦的叫唤声。茂密的杉树和松树树林边缘升起火焰般的红晕，低处的白色蒸气翻滚着消散了。

5月18日。昨晚睡得太早，夜里十二点刚过我就醒了，辗转无眠，精神振奋，于是起身，穿上衣服，出门，到小路上走走。满月高悬于空中已有三四个小时，此刻光线微弱，光泽暗淡的云朵懒洋洋地移动着。东边，木星已升起有一个小时了，天空中零星散落，时隐时现。空气，带着初夏的芬芳，一点都不潮湿或粗糙。月亮时不时无精打采地现个身，光彩照人，几分钟后又部分隐藏起来。远处，夜鹰不停地哼着它的歌。一点到三点之间是如此寂静。

这么难得一见世间罕见的夜景，迅速地让我舒缓平静下来。关于月亮，还有什么与之关联或由她引发的事物是诗歌或文学没有捕捉到的？我曾在非常古老和原始的歌谣中读到一些句子和旁白，它们暗指了这种关联。过了一会儿，云朵差不多都消散了，月亮浮现出来，它闪耀着，默默地移动着，蒙着一层透明的绿色和黄褐色的水蒸气。让我摘录一段文字来结束这个部分，这段文字来自于1878年5月16日的《论坛报》：

从没有人厌倦过月亮，她的永恒之美与生俱来。她是一位充满智慧的真女人，她总是出其不意地到来，短暂停留后离开。她从不会有两个夜晚身着相同的衣服，或是整个夜晚一直一个模样。讲求实际的人赞美她的实用，而诗人、艺术家和陆地上所有的爱侣则爱慕她的虚无。她把自己借给各种象征和符号：戴安娜的弯弓，维纳斯的镜子，玛丽的王座；镰刀，围巾，眉毛，被她或他看着的他或她的脸；疯子的地狱，诗人的天堂，婴儿的玩具，哲学家的书房……当她的崇拜者跟随她的脚步，留恋她的美貌时，她知道如何守住一个女人的秘密。她的另一面，没有人能猜得到。

1880年2月19日。晚上十点之前，又是一个寒冷清澈的夜晚。天空西南方向，一幅壮丽的美景拉开序幕。月亮圆了四分之三，巨大的“埃及人”星团（由天狼星、南河三、天船座、天鸽座以及猎户座的主要星宿组成）手足伸开，横卧着，铺满天空。东方牧夫座的北边，靠近牧夫膝盖的地方，大角星升起已有一个多小时。此刻它还在向天庭爬升，雄心勃勃，好像要与星宿霸主天狼星一争高低。

这样的夜晚，由星辰、月亮引发的情感让我体会到自由的极致，让我领悟到音乐和诗歌的朦胧性。

稻草色的塞姬[1]

8月4日。这是一个温暖的日子，万里无云，阳光从天空直射下来，好一幅美景！我坐在一处阴凉的地方，俯视着十英亩[2]繁茂的苜蓿草干草田。透着成熟味道的红花和属于八月的棕色泥土浓墨重彩地点缀在泛滥的深绿之上。无数淡黄色的蝴蝶翩翩起舞，掠过花丛表面，起起落落，构成一幅奇异而又生动的画面。这美丽有灵性的小昆虫，稻草色的塞姬！偶然有一只离群的蝴蝶，它慢慢腾空，或是螺旋状，或是直线，拍动着翅膀，越飞越高，直到消失在我的视野中。走在小道上的时候，我注意到一处三米见方的旮旯，那儿聚集着上百只蝴蝶，在旋转狂欢。这是属于蝴蝶的美好时光。它们环绕着，转着圈，来来回回，但总保持在一定的范围之内。这些小东西是在过去几天突然出现的，现在数量已有很多。我在户外坐着或是散步的时候，环顾四周，总是能看见成双成对的蝴蝶在暧昧地嬉戏着，它们总是成双成对地出现。它们有着独特的颜色、脆弱的身躯和特殊的运动，奇怪的是，它们中经常有一只离群升空，然后再也不回来了。我俯视田野，这些淡黄色的翅膀温和地扑闪着，许多野胡萝卜开着雪白的花，优雅地耷拉在它们锥形的茎秆上。这时候，远处传来珍珠鸡咯咯的叫声，听着有些刺耳，但我依然觉得其中暗含着某种音乐性。北方响起一阵闷雷，伴着风儿穿过枫树柳树树林。

8月20日。三个月之前，这里还是大黄蜂的地盘，现在大黄蜂已全部消失，取而代之的是美丽的蝴蝶。蝴蝶继续轻快地飞来飞去，各种各样的，白的，黄的，棕的，紫的。时不时还有些色彩绚丽的家伙慢悠悠地飞过，像是画家的调色盘，涂着各种颜色。我注意到在池塘中央，有许多白色的小蝴蝶，飞

---

① 塞姬：古希腊罗马神话中，人类灵魂的女性化身，时而又化为蝴蝶，是丘比特的爱人。

② 英亩：英美制地积单位，1英亩约合4平方千米。

来飞去，任性地追逐打闹。我就坐的地方，附近有一株高高的野草，中间点缀着鲜红的花朵，这群白色蝴蝶在其间不停地嬉戏打闹，有时候有四五只那么多。不一会儿，一只蜂鸟也来造访，我看着它来了又走了，很好地维持着平衡。这些白色的蝴蝶衬托着八月份纯净的绿色植被，还有池塘上闪耀的青铜色（这两天下了几场大雨）。你甚至可以驯养这些小昆虫。一只巨大英俊的蛾子似乎认识我，径直向我飞来，我伸手托着它，它很享受。不知是哪一天，在这片十二英亩的土地上，飞来了来自各个方向的大群白色蝴蝶，它们穿梭在一簇簇孔雀绿之间，那是成熟的卷心菜。我走在小路上，看见这些小蝴蝶构成的一个活的球体，直径达一米，它们簇拥在两米高的半空中，滚动着，保持着球的形状。

渗透灵魂的精神之夜

8月25日，早上九点到十点。我坐在池塘边，一切都静悄悄的。水面宽阔，粼粼的碧波在我面前铺展开来。蓝色的天庭和白色的云朵倒映在水面上。不时地，一些飞鸟路过，倒映水中。昨晚，我在这儿和一个朋友一直待到午夜之后。闪亮的星星，圆圆的满月，飘过的云朵，一切如奇迹般绚丽。偶尔有大团的水汽疾驰而过，被月色照得发亮。我亲爱的朋友就静静地坐在我身旁。树影婆娑，草地上月光斑驳；轻柔的微风拂面，刚好可以闻到附近田里刚刚成熟的玉米香味。这慵懒的精神之夜，难以言喻地丰富、温柔，富于启发性，像是什么东西聚在一起，渗透着你的灵魂，滋养着、哺育着、抚慰着你以后的记忆。

路边的野花不须采

这是野花盛开的季节，花海遍布树林、河岸、栅栏，漫山遍野。我经常看到一种小花，差不多有五十分硬币那么大，金黄色的八片花瓣，清新明亮，中间是褐色的花蕊。昨天，我走了很长一段路，特意留心观察，发现这种小花主要密集地分布在小溪的近旁。还有一种漂亮的野草，开着蓝色的小花，就是我们的婶婶、姨妈最喜欢的那种古老中国的青花瓷那种蓝。我一路行走一路欣赏，发现它比一角硬币稍微大一些，到处都能看到它们的身影，然而最普遍的还是白色的野胡萝卜花，它们散发出持久的芬芳。行走途中，各种色调、各种美让我大饱眼福，尤其是在半开放着的矮橡树和矮杉树附近，各种色彩的紫菀属植物竞相开放，花朵中还有霜冻过的痕迹。树叶也是一样，一部分已经开始变黄变棕或是变成暗淡的绿色，但依然可以看到漆树和桉树深葡萄酒一般的颜色，还有山茱萸和山毛榉稻草般的颜色。让我来列举一些我散步途中认识的那些美丽的花花草草吧。它们有：

野杜鹃、蒲公英、野金银花、蓍草野玫瑰、波斯菊、一枝黄、野豌豆、飞燕草、五叶铁线莲、番红花、接骨木、白菖蒲（大片大片的）、美洲商陆、喇叭花、太阳花、芬芳的马郁兰、甘菊、蛇根草、紫罗兰、黄精、线莲、香脂草、美洲血根草、薄荷、沼泽木兰、野生天竺葵、马利筋、野生青莲、野生雏菊、牛蒡、山菊花。

德拉瓦河——白天与黑夜

1879年4月5日。春天又回到德拉瓦的天空、空气和水中，而海鸥却离开了。我不知厌倦地看着它们在辽阔的天空中自由自在地飞行，打着旋儿，或是缓慢地拍着翅膀踌躇，或是弯曲着鸟嘴俯瞰，或是冲入水里觅食。成群的乌鸦，数量巨大，贯穿整个冬季，它们也随着寒冰的到来消失不见了，一只都看不见了。蒸汽船再次出现，一片忙乱，但还是很漂亮，看样子是刚喷过漆，准备迎接夏天的工作。目前看到的有：哥伦比亚号，爱德温·弗里斯特号，雷博德号，奈丽·怀特号，暮光号，阿丽瑞号，华纳号，佩里号，塔格特号，泽西·布鲁号，甚至还有年迈笨重的特伦顿号，当然还有那些俊俏的小牛崽子——那些蒸汽机拖轮。

请允许我把事情整理一下，编个目录分个类。首先是德拉瓦河本身，追溯其源头，可以发现它来自海洋，海洋的一侧是海角，另一侧是亨罗本灯塔。顺着河流向上行驶，进入辽阔的海湾北边，到达费城，再往前走，可以到达特伦顿。满载货物的远洋轮船在两座城市之间来来回回。海域宽广，中间由一个风车岛分割，偶尔有艘军舰停泊在此，有时候是外国军舰。军舰上的枪炮、舷窗、小船，棕色面孔的水手，船桨，还有“参观日”欢乐的人群，所有这一切都看得清清楚楚。经常可以看到又大又漂亮的三桅纵帆船，这是最近几年出现在这一带的深受喜爱的一种海船，它们有些非常新、非常轻快，有着灰白色的船帆和白色的松木桨。除此之外，单桅帆船也是一路顺着风向前冲刺，我的眼前正好就有这么一艘，它正慢慢靠近我。它那宽阔的船帆，特别是阳光下闪闪发亮的顶帆，高大而独特，在水天之间是那样美丽！我乘船路过城市边沿的码头，码头上各个国家的旗帜在风中飘扬：有坚挺的英国米字旗，有法国的三色旗，有德国国旗，有意大利国旗，还有西班牙国旗。某日下午，整个风景因一小队快艇而生动起来。快艇从格洛斯特比赛归来，看上去有些懒洋洋的。水流中央是干净轻快的缉私艇哈密尔顿号，只见它垂直的条形旗在船尾飘扬。北边，白色蒸汽好似羊毛绸缎般长长地飘着，有时候是暗沉的黑烟，呈扇形飘荡得很远，在西风和西南风的作用下，从肯辛顿或里士满海岸一路飘荡。

渡口与河面上的风景—去年冬夜

接着是卡姆登渡口。白天的时候，这里充满了欢乐、变化、人群和交易；夜晚，这里又是如此安静宜人。大多数时候我都是一个人在船上穿行。水，空气，精致的明暗对比，结合得多么融洽！天空，星星，没有语言，也没有所谓的智慧，确是如此动人，如此深入人的灵魂。渡船上的人，他们不知道他们对我来说是多么重要——多少个日日夜夜，他们和他们的坚定帮我驱逐了无数冷漠、厌倦和衰弱的魔咒。渡船的驾驶员，白天是吉卜森船长，晚上是奥利夫船长。尤金·克罗斯比总是用他那年轻强壮的手臂支撑着我，扶我跨过船桥的缺口，越过障碍，确保我安全地登上甲板。确实，渡轮上的每个人都是我的朋友：负责人弗雷奇船长，林戴尔，西斯奇，福瑞德·劳奇，普莱斯，沃森，还有很多其他人。渡船上也会有许多奇怪的事情发生：有时候会有婴儿突然降生在等候室里，这是真实的，而且不止一次发生；有时候会有化装舞会，乐队被请来，大家穿着奇异的服装，在宽阔的甲板上跳啊转啊，像疯了一样，狂欢一整夜；有时候还会遇见天文学家惠特尔先生，他会给我指明星星的位置，给我细心讲解，并回答我各种问题；有时候船上会来一大家子，八个人，九个人，十个人，甚至十二个人！昨天渡河的时候，我就看见一对父母带着八个孩子在等船，好像要去西边的某个地方。

我在前面曾提到过乌鸦，船上也能看到它们的身影。白天，它们是冬日河面上一道独特的风景线。冬天的时候，到处都可以看到它们黑色的身影，映衬着白雪和冰面：它们有时候扑闪着翅膀飞行，有时候就停在大大小小的冰块上，随波逐流。一天，河水非常清澈，只有一条窄窄的由碎冰形成的长条，顺着河水漂流了大约一英里，速度很快；上百只乌鸦全都聚集在这个白色长条上，黑压压的，非常有趣，有人说那是在“致半哀”。

接着是接待室，这是供乘客们等待的地方，人生百态在此尽显。两三个

星期之前，我记下了三月份某一天的活动。下午，大概三点半的时候，开始下雪了。因为剧场白天有演出，四点一刻到五点的时候来了一群准备回家的女士。我从未在其他宽敞的屋子里看到过比这儿更欢乐、更生动的景象了。一时间，打扮漂亮的泽西女人和女孩，不断涌进船舱，个个闪着明亮的大眼睛，容光焕发地从室外走进来，进来的时候帽子上、裙子上还蘸着少量雪花。约莫五到十分钟后，她们开始聊天，说笑。女人们充满智慧，总是能自得其乐，即使是吃着简餐，也能快活恣意。莉齐是接待室的女工，她总是能让大家开心。接待室可以听见船只启程时发出的铃声和汽笛声，那声音浑厚低沉，一阵接着一阵，充满韵律感。这时候穿着蓝色衣服、戴着帽子的铁路工人上船了，城里乡下形形色色的人也都到场了，或是快到场了。外面迟到的乘客疯狂地跑着跳着追赶着。快六点的时候，人流逐渐密集起来。此刻是交通的高峰期，车辆和铁路搬运箱一起涌入船舱。随后又来了一群牛，引起一阵骚动。赶牛的人挥舞着沉重的木棍，热气腾腾地驱赶着那些受到惊吓的牲畜。接待室里面，讨价还价做着生意的，调情的，布道的，求婚的，什么都有。面相冷酷却讨人喜欢的菲尔进来了，手里拿着下午的报纸（有时候是乔或是查理），他给炉子加了点燃料，用铁棍拨弄清理了一下。

除了这些“喜剧人物”，河流也提供了一些高级营养。下面是我在去年冬天，用铅笔在现场匆匆记下的一些日记。

一月的一个夜晚。今晚，穿过德拉瓦河的路程很美。潮水高涨，退潮也十分强劲。八点之后，河里全是冰，大多是碎冰，有些冰块很大，我们坚实的木质轮船撞上它们时也不免吱呀颤抖一番。月光清澈，向四下铺展开来，在我能看得到的地方微弱地闪耀着。月光倒映在河面，随着河水起起伏伏，颤颤巍巍，有时候像是有上千条蛇聚在一起，发出嘶嘶声。我们的船顺着潮水一路前行，有时候穿过月亮的倒影，发出壮丽的低音，与四周景色竟出奇地协调一致。空中的景色更是壮美、深沉得无法形容。我从没意识到，寂静得看不到边

的星空会蕴含如此深沉的感情，那几乎是一种激情。我想我可以理解，为什么从远古的法老和旧约时代起，在这样的夜晚，星光闪烁的穹顶就开始与人类的自尊、荣耀和野心联系在一起。

又是一个冬夜。乘坐一艘动力十足的大船，站在它宽阔结实的甲板上，在一个清澈凉爽月光格外皎洁的夜晚，得意扬扬不可一世地穿过厚重、冷酷、白花花闪着光的大冰块，我不知道还有什么能比这更让人满足的了。整条河流现在都铺满了冰块，有些特别大。温度低得有些刺骨，但氧气充足，所以此时做运动会很舒服。大船的新的引擎功率强大，驱动着船身平稳专横地在大大小小的冰块中开路前进；乘坐这样的大船，很有力量感。

另一天。两小时之内我反复渡河，仅仅是为了高兴，为了一种平静的愉悦感。天空和河流变幻了好几次。开始时，有那么一会儿，天空中出现两片巨大的扇形云，月亮从中露出脸，放着光，伴着透明的黄棕色光环，随着清澈的淡绿色水汽泛滥铺散开来，好似带了一层发光的面纱，如女子般婷婷袅袅。之后的又一次旅程，天空却是完全清朗，月亮展现出她最灿烂的光芒，北方的北斗七星好似一个大勺子，勺柄上的两颗星星比平时明亮很多；水面星光点点，随着风儿荡起阵阵涟漪。这样变幻的景色，如诗如画，让人难以言说。

又一则。我利用今晚过河之便，仔细研究了星星。现在是二月末，天空又格外晴朗，正是研究星星的好时机。高挂在西边天空的是昴宿星团，它颤抖着，带着精美的光束，在天庭一展温柔。金牛座的毕宿五，引领着V字形的毕宿星团，上方是御夫座的五车二恒星和她的孩子们。最威严的是猎户座，它完整地呈现在南边天际，大大的一片铺展开来，舞台主演的肩膀上配着黄色的玫瑰形饰物，周围是三个王，其中位于偏东方向的是天狼星，它冷静高傲，是最令人感到惊奇的一颗孤星。我上岸的时候天色已晚，谁叫我没法放弃那美丽宜人的夜景呢！我在附近流连忘返，慢慢地闲逛着，耳边传来新泽西火车站的铁路工人开关列车引擎的声音。

1879年3月18日。又是一个清澈无云，凉爽宜人的早春之夜。大气又一次呈现出稀有的玻璃般的蓝黑色，这样的天气最受天文学家欢迎。傍晚八点的天空，庄严而美丽，从未被超越。金星在西方缓缓落下，仿佛在离别前还想再次展示一下自己的身姿和光彩。多么有爱的星球，我想把你据为己有！突然想起亚伯拉罕·林肯遇刺前的那个春天，我焦虑地在华盛顿周围、在波托马克河岸边徘徊，那时候也是这般注视着你，你远远地在高空之中，如我一般郁郁寡欢：

我们在神秘的深蓝中来来往往，
我们在沉静透明的阴暗之夜漫步前行。
一夜又一夜，
你向我俯身，
我知道你有事情想告诉我。
当你从空中垂下，
仿佛来到我的身边，
此时其他的星星都看着呢，
我们就这样一起游荡在这肃静的夜晚。

金星渐渐离开，慢慢消退；即使消失在地平线的边缘，它依然在闪耀：多么美妙的时刻，多么精彩的演出！日落之后就能看见水星，大角星也已经默默升起，就在东北方向。猎户座的所有星星静静地占据着荣耀的位置。在子午线的南边偏左一点的，是小犬星。现在大角星正在慢慢升起，它来迟了，低低的，蒙着面纱。北河二、轩辕十四还有其他众星，全都异常明亮。火星、木星和月亮直到清晨都没有出现。河流边缘，很多灯光在闪烁，三两根巨大的烟囱竖在那里，有几英尺高，持续喷出炽热的火焰，好似火山般，照亮周围的一

切。有时候，电光流石，好似但丁笔下的地狱，强烈、可怕、恐怖。多少个五月末的夜晚，在渡河的时候，我喜欢看着渔夫浮标上闪着的小灯，它很漂亮，很梦幻，有点像鬼火，在朦胧的水面上，寂寞地随着波涛起伏。

橱窗里的绵羊

冬天渐渐放松它的掌控，允许我们预先尝到春天的气息。昨天下午，我在写作，天气柔和明媚。栗子街，横亘在中央路与第四大道之间。与过去的三个月相比，沿街的景色、各式各样的店铺，还有精心打扮的人群，都与往日不同。我在一两点钟的时候在那里散步。毫无疑问，人行道上还是有很多穷苦的人，但熙熙攘攘的人群中，绝大多数都是面色红润、酒足饭饱的样子。无论如何，昨天在栗子街上还是很愉快的。

人行道上汇聚了各种各样的小摊贩。“袖扣，五分钱三个。”这是一个漂亮的小家伙的叫卖声，他像金丝雀般吹着口哨。还有卖手杖的，卖玩具的，卖牙签的……一位老妇人蹲坐在冰冷的石堆上，篮子里放着火柴、针线和胶带。一位年轻的黑人母亲坐在那里乞讨，膝上坐着她咖啡肤色的双胞胎。十二街附近的鲍德温大厦门口，摆放着许多美丽的鲜花，这些花都是温室培育出来的，十分罕见，它们中有鲜红的、黄色的、雪白的各色百合花，还有美艳惊人的兰花。餐馆里，可以看见精美的鸡肉、鸭肉、牛肉以及鱼类。瓷器店里摆满了各式各样的玻璃制品和小雕像。街边，电车晃着铃声，沉重缓慢地经过。邮局的单匹马车飞速驶过，好似出租马车一般，挤满了来来回回的邮递员；邮递员们穿着灰色的制服，看上去健康英俊，充满男子气概。商店的橱窗里是摆有珍贵的书籍、图画和古董。大部分街角都有高大的警察在巡逻，作为费城主干道的一道风景线，他们总是会被人记住。我发现，和其他城市的步行街相比，栗子街是有自己的特色和亮点的。

我从没去过欧洲，但是对纽约最著名的百老汇大道却熟悉多年，作为一个喜欢散步的人，我对新奥尔良的圣查尔斯大街、波士顿的特里蒙特大街、华盛顿的宾夕法尼亚人行道也有一定程度的认识和了解。栗子街没能再宽阔个两三倍，当然是一件很遗憾的事情，但是天气晴好时，这条街所展现出的生气、

动感和变化，是其他任何大街都无法比肩的。这里有炯炯有神的眼睛，有充满魅力的脸庞，有穿着精致的妇女，有熙熙攘攘的人群，有摆放着精美物品的橱窗……

这些身影
闪动得是那么迅速！
那温和、暴躁、无情的面容，
有些带着明亮无邪的微笑，
有些则在所到之处，留下神秘的眼泪。

几天之前，一家六层楼的服装店在玻璃橱窗里空出一小块地方来，上面铺了一层厚厚的苜蓿和干草，从外面就可以闻到它们的味道；草上有两只肥硕健壮的绵羊，这是我见过的最好看的羊了。我驻足许久，和许多人一起看着它们：一只卧在草地上，嘴里正咀嚼着什么，另一只则站着，举着一双大眼睛正耐心地向外看着。它们的毛是纯净的茶色，中间有几条闪亮的黑色条纹。在拥挤华丽的人群里，在金光闪闪的钱币和柔和的纺织品中看到两只绵羊，这是多么特别的一幅场景啊！

从哈德逊河逆流去阿尔斯特县

4月23日。今天我要离开热情好客的约翰斯顿夫妇，去纽约做一次短途旅行和访问。我乘坐下午四点的船，前往哈德逊，行驶了大概一百里。落日和傍晚都很美好。我特别喜欢过了科森斯后的那个码头，那里整个夜晚都被弯弯的新月和金星点亮，一切都沉浸在柔和的光晕中。现在星星和月亮都躲到了西岸高高的岩石和山丘之后，我们刚好从那个码头经过。接下来的十天我一直待在阿尔斯特县及其周围，每天早晨和晚上都开车出去，看看河流，短途漫步。

4月24日，中午才过了一会儿，太阳就热得让人透不过气来。野外蜜蜂聚集，正忙着从杨柳和其他树上采集食物。它们来来回回，在空中急速穿行，或是停留在蜂巢上，腿上还蘸着黄色花粉。一只知更鸟在附近孤独地吟唱。我穿着衬衫套袖坐在屋内，透过敞开的海景窗望向窗外闲适的风景：远处是薄雾笼罩之下的菲斯克尔山；近处水面上，一只小船正斜着主帆前行，还有两三只捕鱼的小船。对面的铁道上跑着长长的货运火车，那火车一列可长达三十、四十甚至是五十节。它们有时候装着柱状汽油罐，轰隆隆喘着气，在我的眼前驶过，但轰鸣声因为距离而变得柔和了。

春日在泥炭灰升起的烟雾里

4月26日。日出时分，我听到野云雀纯净清晰的声音。一小时之后，我又隐约听见一些音符，寥寥几声，十分简单，但不失精妙完美——那是灌木丛里小麻雀发出的声音。快中午的时候，又传来知更鸟笛声似的颤音。今天是个极好、极甜蜜的日子，到处都是暖洋洋的。空气中轻浮着一层可爱的面纱，部分是水蒸气，部分是农场上泥炭火升起的烟雾。附近一群枫树已经静悄悄温柔地发出嫩芽，一整日都有蜜蜂在上面嗡嗡地忙个不停。河面上，单桅纵帆船和双桅纵帆船扬起白帆，来来往往地滑行；对岸长长的火车拖着多节车厢，笨重地移动着，响起微弱的铃声，持续不断。树林里，田野中，最早的野花已经盛开，香气扑鼻的野草莓，蓝色的地钱，柔弱的银莲花，还有漂亮的血根草，应有尽有。我顺着路边向前走，欣然望着农田里一片一片的火堆，那是干柴、泥炭以及落叶在燃烧。烟雾缭绕，那烟雾先是贴着地面，然后倾斜而上，再慢慢升起，飘到远处，最后消散开来。我喜欢这种烟味，它一点点向我袭来，比法国香水更加美妙。

这里有很多鸟儿，大概有两三类。它们的出现先前没有任何迹象，等到温暖宜人的四月或是三月到来，它们却突然全都涌了出来。看！它们在那儿，从一个枝丫飞到另一个枝丫，从一个栅栏飞到另一个栅栏，互相调着情，唱着歌；有些在交配，有的在准备筑巢，但大多数只是路过，在这里停留两个星期或者一个月，然后就飞走了。不论是什么时候，大自然都保持着她生动、丰富、永恒的姿态。尽管如此，差不多整个季节都有很多鸟在周围盘桓——现在是它们恋爱的季节，也是它们筑巢的时候。不少乌鸦、海鸥、老鹰飞过河面。下午，我又听到了老鹰的尖叫声，它们来来回回冲刺飞行，正准备在这里筑巢。这里不久就能听到黄鹂的叫声了，还有猫鸟喵喵的鼻音，当然也少不了金凤凰、布谷鸟和嗤鸟的叫声。有三首独具特色的春之歌是不会错过的：首先是野云雀的歌声，那声音是如此甜蜜，如此具有警醒意味，好像是在说：“难道你没看见吗？”或者“难道你不懂吗？”再有就是愉悦而圆润、近乎人音的知更鸟的歌声，多年来，我一直尝试着找一个简单的术语或词组来描述知更鸟的叫声，始终未果；此外，还有扑动着翅膀热情的啸叫声。这三种鸟儿的歌声，贯穿并丰富了整个春季。

4月29日。今天我们驾着马车慢慢前行。太阳刚刚落下山去，我们听到了画眉鸟的歌声。我们停了下来，默默无语，聆听良久。这悦耳的音符，自发的圣歌，好似从管风琴的音管透过暮光飘然而至。回声从垂直的岩石绝壁向我们飘来，岩石底部有一片形成不久的茂密树林。不知是哪只可爱的小鸟在某处用歌声满足着我们的感官，浸润着我们的灵魂。

隐者——隐藏自己的所有背景

我在山上散步的时候遇见一位真正的隐者，他住在一个偏僻安静之处，那里满地都是乱石，道路崎岖不平，很难通达，好在视线还不错。他是一位相貌年轻的中年男子，在城里长大，念过书，去过欧洲和加利福尼亚。一开始我在路上遇见过他一两次，和他简单地交谈过；后来，我们第三次相遇时，他请我和他走走，去他的小屋歇息一下。之后我听说，这是件很难得的事情，在我之前几乎从没有人去过他那里。他性格温和，神态安详，生活得无拘无束，我猜他是个贵格会教徒，但他并没有向我吐露他的生活，也没有向我倾诉他有什么不愉快的经历。

淡淡的原始芳香

我是在丛林环绕的荒郊野外随手写下这篇日记的。我们是去观赏一个瀑布。我从未见过这么美、这么多姿的铁杉，密密麻麻的一片，有的已经很古老了，盖着灰白色的毛。我对它们有一种神秘的感情，它们身上的粗毛是历经风雨的证明。树下聚集层层的羊齿科植物、发芽的紫杉和青苔，还有开始装饰着初夏的各色小野花。猛烈、咆哮、水量充足的瀑布发出单调的哗哗声，所有水的颜色在这里都能看到：有发绿的，有枯黄色的，有透明的，有灰蒙蒙的。瀑布从岩石上飞流而下，溅起白色的泡沫。那琥珀色的急流有三十英尺宽，远远地挂在群山和丛林背面。这样一片原始丛林，如同督伊德教[①]一般，孤独而荒凉，到处都是凸凹不平的岩石，头顶上是看不到阳光的阴影，脚下是厚厚的残枝败叶。每年来此游览的游客不到十人，游客来到这里，会闻到并感受到一股淡淡而原始的芳香。

① 督伊德教：古代凯尔特人的宗教。

pour

每座城都有一个美好记忆

我们曾经想过要在堪萨斯城停留，但是当我们到达那儿的时候，一辆火车已经准备好了，一群热情的堪萨斯人要带我们去下一站——劳伦斯。我不会那么快就忘记我在劳伦斯度过的那段美好的时光，当时有亚瑟法官和他的儿子们做伴，特别是约翰和林顿，他们都是典型的西方上层人物。这与在托皮卡的日子不一样，也不同于我在托皮卡遇到的好兄弟、游览过的地方、接触过的政府官员。劳伦斯和托皮卡，这两个地方都很大，也都很繁华，并且都属于富有田园风味的美丽城市。

怎样定义我们的文学

1879年10月17日。今天，一家来自圣路易斯的报纸发表了我对西方文学的一些非正式言论：

昨天我们采访了惠特曼先生，在断断续续的采访中，我们突然问他：“您认为我们有独立的美国文学吗？”“在我看来，”他说道，“我们目前的工作，就是为这个国家打造在农业、商业、交通等各方面的基础，这些都关乎普罗大众的福祉，关乎言论自由，关乎教会精神。我们已经比以往更大规模地实施了这一切，在我看来，俄亥俄州、伊利诺伊州、印第安纳州、堪萨斯州和罗拉多州正是这些想法实现的地方。各种形式的物质财富，以及我提及的其他方面，比如交通和自由，将首先被关注。当这些都有了结果之后，我们才能开始定义我们的文学。我们美国的优势和活力在于我们的人民，而不是旧社会里的那些贵族。南北战争期间，我们军队的伟大之处在于没有脱离群众，始终与国家一致。其他国家的活力源于小部分力量，源于某个特定阶级，但是我们的活力则来自人民群众。我们的领袖从来都不是什么威望极高的人，而是普罗大众的一员，这是超越历史的。有时候我会想，所有领域，包括文学艺术领域在内，我们都可以展现出我们美国人的优势。我们没有出色的个人或是领袖，但我们有出色的人民群众，他们都史无前例地出色。”

从普通农夫到美国总统

1879年9月28日。格兰特[1]将军在环游世界之后，又一次回到了家乡。昨日他乘坐日本“东京号”抵达圣弗朗西斯科。多么伟大的一个人！多么深刻的一段历史！多么鲜活的一个例子！他的一生，向我们展现了一位美国普通人的特质。批评家们疑惑“人们从格兰特身上看到了什么”，以至于引起如此的骚动。他们断言他不是学院派，也没有异于常人的天赋和才能。事实的确如此。然而，他却让世人见证了，一个普通的西部农夫、技工和船夫是如何在时代潮流的推动下，经历世事变迁，最终担任军事要职，承担起历史重任的。他恰到好处地掌握了自己的命运，为美国还有他自己赢得了荣誉。他曾指挥一百多万武装士兵，参加过五十多次重大战役，连续八年管理着这片比欧洲大陆所有国家加起来还要大的土地。之后，他静静地退了下来，嘴里叼着雪茄，在世界各地畅游；他结交了各地的达官贵人，认识了诸多国王和沙皇，还与日本天皇进行了会晤。他风度翩翩，沉着冷静。我说的这些都是为人们所津津乐道的。毫不讳言，我也非常喜欢他，我对他的喜爱更胜于我对希腊历史学家普鲁塔克的喜爱。实际上，格兰特只不过是一个凡人，他不懂艺术，也不了解诗歌，但是他却有宝贵的实干精神，他懂得用最大的努力做好自己，而这恰恰造就了他。他是来自伊利诺伊州的一名普通商人，善于经商，然而在成为商人之前，他还做过制革工人和农夫。南北战争期间，作为共和党的一名将军，他取得过无数次战争的胜利，也经历过许多内心的挣扎。后来，他做了总统，虽然不再领兵打仗，但他要处理的事务却变得更加繁重了。虽然当局认为他政绩平平，但不可否认，他是一位伟大的英雄。

---

① 格兰特（1822—1885）：美国军事家，陆军上将，第18任美国总统。

海斯总统[1]的演讲

9月30日。我看见海斯总统从西面出来，一步一步向前走，不拘小节，他的妻子还有一些首脑官员紧随其后，受到人们热烈的欢迎。他按照惯例，每日一次或者两日一次地发表演讲。这些演讲全都是即兴的，当然也有人会说是昙花一现的。我觉得有必要把这些记在我的日记里。这些机敏、充满善意的、面对面的演讲，说的都是平常话题，不是很深奥，却让我对演讲有了新的看法。海斯总统通过切身的实践对演讲这门艺术做了重新定义和诠释。他的演讲原则与传统的大不相同，更加适用于今日我们所处的环境，更加适用于美国民主，更加适用于西部的大部分民众。有人批评说，这样的演讲缺乏一点体面和高贵，但是在我看来，演讲就应该这样，要考虑到当时所处的环境、演讲人的出发点以及演讲的对象。海斯总统的目的是让整个美国都团结起来，让人与人之间建立起互相信任没有敌意的和谐关系。

---

① 拉瑟福德·伯查德·海斯（1822—1893）：美国第19任总统。

灵魂的遐想

1880年2月11日。今天晚上，我在费城歌剧院听了一场很棒的音乐会，演奏的乐队虽然很小，但却是顶级的。音乐从来没有像今晚这样铭刻在我的脑海里，荡漾在我的心中，抚慰着我，让我感到深深的满足。“音乐是让人的心灵醒悟的力量。”对于我而言，直到今晚，这句话才得到证实！我激动的心情简直无法用语言去描述！那么多首精彩的乐曲中，最吸引我的，是贝多芬的一首著名的七重奏。演奏乐器经过了仔细的挑选，由小提琴、中提琴、单簧管、号、大提琴和低音乐器组成，称得上完美的组合。演奏过程中，台上的演奏者与音乐融为一体，美妙绝伦。当音乐在耳边响起，我的脑海里开始浮现出一幅幅生动的画面，我深深地陶醉于其中：只见大自然抛开了她那拘谨而优雅的一面，在阳光下的山坡上欢笑；风一般单调而严肃的号角声穿过枝叶交错的丛林，之后又连同它的回声渐渐消失；轻轻漾动的浪花，突然涌起汹涛，沉重地咆哮着，愤怒地拍打着堤岸，就像喜怒无常的大自然那样，音乐一会儿如同动人的笑声，一会儿又如同愤怒的吼叫。不过，主旋律还是轻松的、自由自在的，往往让人联想到宝宝在玩耍或者在睡觉，光着身子，没有任何约束。小提琴手们熟练的演奏技巧也让我受益匪浅，他们的每一个动作都值得探讨。我应该经常让自己放松一下，暂时把世事放下，海阔天空地奇想一通，也许就能像现在这样，听到满树林的鸟儿在唱歌。七重奏中有一段朴素和谐的二重唱，让人回味悠长，它听上去就像是两个人的灵魂在坚定地叙述着他们的遐想和快乐。

大自然的暗示

2月13日。今天，渡过德拉瓦尔河的时候，我看见了一大群野鹅。它们飞得不是太高，就在我的头顶上，排成了V字形，衬托着中午淡淡的云彩。虽然不过是瞬间，我却也好好地欣赏了一回，然后它们就继续向南飞去，直到渐渐地远去。在户外我不需要戴眼镜，在这样的距离，我的视力还是可以的（平时我只是在看书的时候戴眼镜）。有那么两三分钟，我心头升起了对大自然的从未有过的体悟。辽阔的大气王国里，到处都是灰蒙蒙的颜色，没有灿烂的阳光；地上是不愿停歇的流水，空中是翱翔的鸟儿。大自然向我展现了一个朴实清晰的世界，我从她那里获得了许多有益的暗示。

雪的气息

3月8日。我又回到了乡村。我是在林中的一块圆木上写下这篇日记的。此时正是中午，天气暖和，万里无云。我一直在林子的深处漫游，高大的松树、橡树、山核桃树随处可见。树下生长着月桂、葡萄藤等厚密的灌木，地面上覆盖着厚厚的枯枝落叶和青苔藓。这里的一切都很古老，却也显得残酷而孤单。看着眼前四通八达的道路，我实在无法想象它们是怎么形成的，因为好像从来没有人来过这里，也没有牛或马之类的动物出现。突然，几只鸟——蓝鸟、知更鸟、草地雀——出现在天空，打破了这里的寂静。今天的气温大约是六十度（华氏）。风吹过松树的顶梢，我坐在那里，享受着它掠过头顶时发出的微微的叹息声。后来我就在古老的道路上继续漫无目标地游走，偶尔拨弄拨弄小树枝锻炼一下我几近僵硬的关节。

第二天，3月9日。从早晨就开始下的暴风雪，持续了将近一整天，但是我依然在林中漫步了两个多小时。一样的树林和道路，落雪纷纷，没有风，但还是有悦耳的低吟声穿过松林。这声音虽低却也足够让人听见，神奇的是，它和瀑布一样，时而平静，时而又倾泻而下。所有的感觉——视觉、嗅觉，仿佛都在这声音里得到了愉悦的体验。每一片雪花都躺在它所飘落的地方——冬青树上、月桂树上以及其他常青植物上。数不清的枝条和叶子叠叠重重。在白雪的映衬下，松树一排排的树枝呈现出青铜色，边线镶着祖母绿。松树的树干又直又高，清淡的树脂香混合在雪的气息中，让人好不享受。任何东西都有自己的气息，甚至包括雪。只要你用心观察，就会发现，不同的时间、不同的地点，会传递出不同的气息。白天和夜晚，冬天与夏天，有风与没风时，大自然的气息都是不一样的。

回荡在天空之下的女低音

5月9日，星期天。今天傍晚我去拜访朋友J一家，可口的晚餐让我大饱口福，与J夫妇的闲聊让我的精神十分愉悦。后来，我走出J的家门，来到大街上。傍晚微风习习，吹得人神清气爽。这时，从对面街角的教堂里传来唱诗班的歌声。啊！是路德的赞美诗——《我们的坚强堡垒》。管风琴的伴奏让歌声变得更加美妙了，动听的女低音在空气中徘徊飘荡。夜色中的音乐（一连串的英语赞美诗）沉着而坚定，伴随着长时间的停顿。明亮的天琴座在教堂灰暗的屋顶上悄悄升起，教堂的窗户中透出多彩的灯光，照得树影斑驳婆娑。优美动听的女低音在清晰的微风中，在黑夜与灯光明暗的对比中，在北方高高的天穹下久久回荡……

旅途：穿行于风景点之间

时间再往回拨一点。6月3日晚上八点，我乘坐软卧，沿着位于宾夕法尼亚北部的李海山谷，一路穿过伯利恒、威尔克斯贝尔、韦弗利、伊利湖沿岸，最后穿过康宁，来到赫尼斯威尔。我们是早上八点钟到达目的地的，随后享用了一顿丰盛的早餐。我必须说，这是我在火车上睡过的最好的一觉——火车运行得很平稳，没产生什么震动，快速而又安全。我们没有去水牛城转车，下午早早地就到了克里夫顿。接下来我们还要去伦敦，去加拿大的安大略湖以及其他四个湖。我将住在我的一个博士朋友——巴克夫人的家中，她的家里有一座与庇护院的大草坪毗邻的美丽花园。

缅怀埃利亚斯·希克斯[①]

6月8日。今天我收到来自底特律的一位夫人的来信，信中夹着一小枚非常古老的埃利亚斯·希克斯的雕刻头像。这个头像出自亨利·英曼画的一幅油画肖像，这幅画至少已有六十年的历史，现在在纽约保存着。下面的内容是信中关于埃利亚斯·希克斯的片段：

“当我还是一个孩子的时候，我就经常听他布道。我和我的母亲还有其他人坐在一起，他在中间，每个听他说话的人都会很激动。我听说您正准备写一些关于他的文章，我不知道您是否知道他的模样。我手头有两枚他的头像，所以给您寄去一枚，希望对您能有所帮助。”

① 埃利亚斯·希克斯（1748—1830）：来自纽约长岛的一位贵格会传教士。他所提倡的教义使他和他的追随者发生了争论，导致了贵格会宗教教友会内部的第一次分裂。

年轻的力量——没有什么不可能

再过几天，我就要去加拿大的休伦湖了，到时候我会对那里的风土人情做些描述。就我目前所看到的情况来看，我坚信，在加拿大一股年轻的本土力量正在崛起，强壮、睿智、积极、自由、民主的群体已经形成。他们是普罗大众中最优秀的力量，当然也是我们中的一员，想到这一点，我感到非常高兴。虽然大多数人并不是这样，但我相信，他们这种潜移默化的力量最后一定能使整个团体活跃起来。

边境线消失的那一天

一些媒体正在讨论美国和加拿大关税同盟的问题。这是为了商业目的而形成的联盟，包括废除两国边境关税条目，废除两国海关当局制定的两套关税政策，统一为一套适用于双方国家的关税系统，关税收益将根据人口数量划分给两个政府。据说很多加拿大商人都赞成此举，他们相信：这样的政策会消除加拿大和美国之间现存的贸易壁垒，可以极大地促进国家的商业发展。那些持反对意见的人则认为：虽然此举确实可以给加拿大的商业带来实质的好处，也会让加拿大和美国的关系变得轻松融洽，但他们担心对这种融洽的渴望会压过对商业繁荣的欲望。虽然有这种担心，但大家还是普遍认为商业利益最终会得到优先考虑。其实说起来，这样的关税同盟或是统一关税给加拿大各省带来的实际好处是多于给美国带来的好处的。在我看来，迟早有一天，加拿大也会分为平等、独立的两三片大区，和美国其他同盟国一样。圣劳伦斯还有湖区将不会是边境，而是一个广阔的内陆或是中心航道。

野性美的召唤

8月20日。前面已经说过我将在加拿大停留三至四个月。在接下来的时间，我将探索圣劳伦斯航线。从苏必略湖到海洋的这段航线，在船上的工程师看来是一条支流，长达两千多里，包括湖区、尼亚加拉大瀑布等景点。虽然我只完成了这条航线的部分旅程，但就我目前已经探索过的七八百里来看，我觉得加拿大的特色在这条宽阔的水域里得到了酣畅淋漓的显现。这里有绝佳的风景，丰富的人文景观，还有各种贸易点……此刻，我写下这些文字的时候，距离出发地费城已将近一千里，以取道蒙特利尔和魁北克计算。虽然现在我仍在这片区域之中，但我将驶向更远的地方。那里条件将更加严峻，当然也会更具有野性美；那里的人不喜欢异教徒，但基督教徒是可以住在那里的；那里的土地富饶肥沃，也许比地球上其他地方更适宜生活。天气依旧晴朗，虽然有人会觉得稍微有些冷，但我还是穿着那件灰色的旧外套，感觉刚刚好。这几日，阳光灿烂，空气清新，午前午后的大多数时候我都在船头的甲板上。

蒸汽也能奏乐？

在这黑色的水域上，河水又深又急，有的地方有几百英尺深，有的地方则有上千英尺深。我们行驶了一百英里，岸边不时出现高高直直的岩石和灰绿色的山峰。有一些地方和哈德逊河很相像，但棱角更加分明。绵延不断的山峰高高地耸立着。渐渐地，河岸变得笔直起来，河水流得更急了，它们迈着坚定的步伐向前流淌着，尽管颜色黑如墨，但在八月阳光的照耀下，却闪烁着更加迷人的光泽。萨格奈河真是与众不同，与其他的河流相比，它更为大气，阳光下，波光粼粼的水面上演着动人心魄的光与影的游戏。萨格奈河有一种朴实简单的魅力，就像夜色中从古老的西班牙修道院里传来的管风琴曲——《宠姬》：虽然只有一个旋律，没有修饰，简单得有些单调，但却具有难以描绘的穿透力。这个地方的回声特别好。当我们的汽船在塔杜萨克码头停泊待发时，排气管放出的蒸汽让我以为岸上岩石之间有一支乐队在演奏，我甚至能听出若干种不同的曲调。当我们的排气管停下来以后，这些曲调就没有了。在“永恒角”和“三一角”，当我们在宁静的海湾暂时停泊时，领航员的口哨得到了热情的响应。回声是那么美妙奇特，异彩纷呈之处简直无法用语言描绘。

世界上没有两座同样的山峰

我怀疑这世间有哪个山峰、裂谷、有历史意义的地方或者任何其他此类东西，能比得过这些宏伟、高傲、沉静的海角本身。我在写这个笔记时，就处在它们的对面。它们是那么单纯，以至于你初见它们时并不会感到很惊异，至少我没有，但是它们会永远留在你的记忆里挥之不去。永恒角与三一角是从萨格奈河中崛起的两座山峰，它们彼此靠得非常近，肩并肩，如果一个好的投手路过此地就能用石子投中它们。这个世界上没有两个相同的人，同样的，这两座山峰也各不相同。“永恒角”是光秃的，正如刚才所说，它完全从水中凸起，冷酷严峻，陡峭不平，几乎有两千英尺高，但却有着一种说不出的美；而“三一角”则要更高一些，也是高高地耸立着，不过它顶部滚圆，像一颗巨大的脑袋，披盖着浓密的短发。虽然要经过长途跋涉才能来到这里，但这样的景色犹如独一无二的二重奏，让我不枉此行。它们比我所见到的任何同类景物都更让我感动，我的心里满满的全是快乐、满足。如果它们在亚洲或者欧洲，我们肯定能通过杂志和报刊多次听到它们的名字；在天才艺术家的笔下，在各种狂想曲和诗歌中，它们的名字定会被反复吟诵。

抚慰灵魂的河流与港湾

真的，与希库蒂米河、哈哈湾相比，与我在这条原始而迷人的河上度过的白昼和夜晚相比，过往的生活、旅行以及对它们的回忆都没能给我留下更多的印象，也没能提供更多的感悟来安抚我的灵魂。那些滚圆的山峰，有的昏暗而裸露，有的鲜红而沉重，有的通体覆盖着厚厚的青葱草木和蔓藤。山峰上到处是数量庞大、古老而沉寂的岩石。泡沫形成色彩斑斓的条纹，小小的双桨船宛如奶白色的凝乳在激流中闪烁。打着肮脏补丁的黄色帆船，扬着双帆，调皮地在水上出现，向我们靠近，中午前后，两个皮肤黝黑的黑发男子出现在甲板上。柔和而纯净的天空始终高高地俯视着我们，灰黄的山峰却始终笼罩在浓重的阴影之下。我们穿越于群山之间，欣赏着沿岸风景。日落斜阳，好一幅黄昏美景！抬头望向天空，一样古老的星辰——天琴座、天鹰座、天蝎座、大角星、银球一样的木星，还有几乎日日夜夜都在发光的北方的明灯——北斗星，在这遥远的北方，这些星辰也显出与往日许多的不同来。

用大柴刀切碎面包

这个到处是黑水、岩石的地方看起来很严酷，会让人以为这里的生活必然是艰辛的，但实际上这里的生活舒坦美好，这里的人性情温和。就在准备写这篇笔记之前，我吃了一顿很好的海鱼早餐，还有野生的覆盆子。这里的人彬彬有礼，总是在微笑，他们的外貌总体上和美国人相似，我吃惊地发现整个魁北克省都是这样的，这真是一件奇怪的事。这个高低不平的地区共包括沙勒天依、希库蒂米、塔托萨克县以及圣约翰湖区四个大地方。从总体上看，这个地区的乡村居民都是勤劳勇敢而又单纯善良的，他们划船捕鱼，设陷阱擒拿野兽，伐木采果浆，也种一些农作物。我看到，一些年轻的船夫在吃晚饭时，拿来一块很大的面包，他们用大柴刀把面包切成一条条，除此之外其他的什么都没有。我想，当冰霜冻结，冬天来临之时，这里一定异常寒冷。

唯一不忙碌的生命

四月末。我已经在我时常走动的乡下跑了两天，此时此刻我正在小湖边打发时间。在这里我发现了我的翠鸟，只有一只，它的配偶不在这里。这是个明亮美丽的清晨，当我来到小湖边时，翠鸟已经出来玩耍了。它轻快地叫着，叽叽喳喳的，飞来飞去。在我写下这些文字的时候，它正自由自在地在颇为宽广的湖面上时而疾飞时而旋转，有一两次响亮地发出浸入水中的声音，那飞起的水花在阳光照耀下异常美丽。当它有意识地靠近我的时候，我能清楚地看见它那白色和暗灰色的羽毛。真是体态精致、高雅而优美的鸟儿！水面上一棵老树高高弯垂于那里，鸟儿栖在树枝上，似乎在专心看我写作，这时候我几乎认定：这只翠鸟，它认识我。三天后，我的另一只翠鸟也来到这里，与它的伴侣会合。我时常看见它们两个一起飞舞，一起旋转，一起歌唱。我已经听见好多次远处时断时续悦耳的声音，我觉得那肯定是鸟儿发出的，只是我无法断定这音符是不是这两只鸟同时发出的，直到我看见它们在一起。今天中午，它们又出现了，但和以往不同，显然是有了什么新的情况。它们没有像往常一样持续长时间地疯狂，只是做一点有限的活动——充满了自由的快活的运动，上下腾飞。无疑，它们现在有责任了，它们即将拥有一个新的生命。所以，它们要一直等到夏天才能再一次真正地玩耍。

没想到，今天的笔记要用柯勒律治的诗句来做结束，当然，用在这里再恰当不过：

整个自然似乎都在工作，
虫啊，鸟啊都离开了窝，
蜜蜂在工作，鸟儿在运动。
冬天，在户外酣睡，

Rodez

微笑的脸上始终带着春天的梦：

而我，这时唯一不忙碌的生命，

不工作，不酿蜜，不建造，也不歌唱。

闪耀的新星——波士顿

1881年5月1日。看上去当今美国的出行已经形成了一些固定模式,环境舒适度方面也充分考虑到了妇女、儿童、残疾人以及像我这样的老年人的需求。我乘坐的是一趟从华盛顿到北方大都市波士顿的直达快车，这趟车天天发，中途不用换乘。在费城上车的时候天已经黑下来，一两个小时之后，如果愿意，你就可以整理床铺，拉上窗帘，准备入睡了。从新泽西一路驶向纽约，睡梦之中还偶尔可以听见一两下火车的轰鸣；穿过大桥驶向纽约黑文路时，你都意识不到桥下有从新泽西城驶过的轮船。就这样一路东行。第二天早晨，当你醒来时，你就已经到达波士顿。这些都是我的经验之谈。我想去里维尔庄园。一位高高的不知姓名的绅士，我和他聊了几分钟，他说他要去纽波特。他和我一起从车站拥挤的人群中走出，他帮忙叫了一辆出租车，把我和我的行李送进车后，他静静地微笑着，对我说：“让我来请你坐车吧。”我还没来得及向他鞠躬致谢，他就已经把车钱付给司机了。

我此次短途旅行的目的是要参加林肯总统遇刺十六周年纪念活动，我要为公众朗读一篇散文——《亚伯拉罕・林肯之死》。纪念活动于4月15日就结束了，之后我又在波士顿停留了一个星期。我感觉很好，精神愉悦，瘫痪的身体也得到了放松。我到处游览，把所有该看的都看了。波士顿的物质富足，商业、金融增长迅速，商品品种繁多，拥挤的街道上行人摩肩接踵，人多得让人惊讶。去年，去了西部以外的地方后，我曾一度认为未来引领整个国家繁荣的魔杖肯定要由圣路易斯、芝加哥、美丽的丹佛，甚至是圣弗朗西斯科这些城市来挥舞；但现在我则认为，魔杖毫无疑问要延伸到波士顿，并且就在这里停留。这里有充足的资本（西部半数的铁路由北方佬投资，波士顿会从中分红），没有哪个新的世界中心可以超过它。旧波士顿有的只是之字形曲曲折折的街道以及一些边边角角——把你手中的信纸揉成一团，再展开，那就是一幅

旧波士顿的地图了；新波士顿则有连绵数英里的、宽大昂贵的房子，就在毕根街、联邦大街以及上百条其他街道上。今日的波士顿以及整个新英格兰地区都在向另一个全新的方向蓬勃发展。

波士顿的精神风采

我收到几封谢里曼博士寄来的信，信的内容非常有趣，不过行文却有些呆板。信中他谈到，他正在遥远的荷马遗址进行考古挖掘工作。我注意到，那些遗址都是一层一层堆叠的，也就是说，在一大片年代久远的遗址之上是另一座城市的遗迹，甚至在已有的两层之上还会有一层或者两层。每一处都代表了一段漫长或是短暂的繁荣发展阶段，都会与前一代有所不同，但都是在前一代的基础之上发展起来的。细想之下，人类的道德、情感和勇气也是如此进步发展的（至少我是这样认为的），这在波士顿表现得尤其明显。作为当今新英格兰地区的首府，这里被描述为阳光灿烂，令人愉悦，具有包容性，是一座让人感到温暖的城市。这里的人们热情洋溢，服饰华丽，魅力四射，宽容却不易被愚弄。虽然这里物价偏高，但总体来说还是在可以承受的范围之内。这是一座令人向往的城市。走在波士顿的大街上，如果你路过那些寻常的房屋、街道，看着那些平凡的人，你会感到一种很微妙的气息。大多数人认为这是气候的原因，我却觉得是一种无法定义的存在，存在于人群之中，存在于工作、生活、学习的各个方面；不是懒惰和忧郁，但又不仅仅是欢愉的公众精神。突然，我灵光一闪，想到西蒙兹[①]书中提到的那些欢乐的古希腊城市。确实，波士顿有不少希腊人，而且人们也变得越来越俊俏，他们的脸上绽放着光彩，透着一种自由精神。我从没看到如此多面容精致、一头灰黑色头发的女人，在我做演讲的时候，我不止一次停下来，就这么看着她们。观众席中到处都有健康美丽、散发着迷人魅力的女人。我觉得，古往今来，没有哪个时代或哪片土地，能给我带来如此丰盛的视觉和精神享受！

① 约翰·阿丁顿·西蒙兹（1840—1893）：英国历史学家，著有七卷本《意大利文艺复兴》。

给四位诗人的献礼

4月16日。拜见了朗费罗[①]，虽然短暂但很愉快。我本不是那种值得别人来拜见的人，但是三年前，我生病期间，作为《伊凡哥林》的作者朗费罗，他一片好心，不辞辛苦地来卡姆登看我。我兴奋、感动，对他不由升起浓浓的敬意。他是我在波士顿拜见的唯一一位名人。他光彩照人的脸庞，洋溢着热忱，闪耀着温暖，他彬彬有礼的举止完美地诠释了何谓“老派的风度”。

此刻，我非常激动，想谈谈四位大诗人，他们的作品标志着美国第一个世纪诗歌文学的诞生。在最近的一期杂志上，我的一些评论者（他们本应该对事情再多一些了解），说我对这几位一流诗人的态度是“轻视、狂妄和固执”的，说我“讥笑”他们，鼓吹他们的“无益性”。如果有人想了解我对他们的看法（长久以来我的看法都没有变），我愿意一吐为快，如有疑问也可以提出来大家一起讨论。我无法想象，还有什么会比爱默生、朗费罗、布莱恩特和惠蒂埃[②]开创的美国一代诗风更加可贵。毋庸置疑，爱默生处于四位之首，至于其他三位诗人，我就不知道怎么来给他们排序了。他们四位都是非常独立的人，非常优秀杰出，每一位的人格也都堪称完美，他们的作品也各具特色。爱默生的诗歌温柔甜蜜，旋律优美，充满活力，就像他喜欢的如琥珀色般透明的野蜂蜜那样，让人回味无穷。可以说，他的诗歌是一种有韵律感的哲学。朗费罗的诗歌多姿多彩，形式高雅，情节细致，让人感受到生活的美满，爱情的甜蜜，可以这么说，他的成就超过了相同领域的任何一位欧洲诗人。布莱恩特的诗歌，能让一个国家的脉搏跳动起来，他是森林与河流的诗人，给我们带来户外的活力，带给我们干草、葡萄以及许多其他植物的芬芳。他的诗歌隐约透着伤感，总是以吟咏死亡开始，并以吟咏死亡终结。他的所有诗歌，或者至少在

---

① 亨利·沃兹沃斯·朗费罗（1807—1882）：美国诗人、翻译家。

② 惠蒂埃（1807—1893）：美国诗人。

其诗歌的某些片段里，都不时地触及高深的真理和人类的责任，表现出对生活的热忱。尽管布莱恩特并没有像埃斯库罗斯[1]那样疯狂地把一切与命运联系在一起，但他同埃斯库罗斯一样推崇永恒的道德。惠蒂埃的诗歌很特别，他对战争有明显的嗜好，尽管他是贵格会教徒。他的诗歌有时就像克伦威尔老兵的脚步那样整齐。他总是活力四射，充满英雄主义的激情。他具有路德、弥尔顿、乔治·福克斯[2]的凛然正气和热忱；有人也许会将这称之为保守与固执，那么，我要对这些人说："现在这个世界需要的，而且将来会更加需要的，恰恰就是这样的'保守与固执'。"

---

① 埃斯库罗斯（约前525—前456）：古希腊悲剧诗人。

② 乔治·福克斯（1624—1691）：英国重要的反对派人士，被认为是贵格会的创始人。

民族灵魂孕育的艺术家

4月18日。我们走了三四里路，去昆西·肖家看他收藏的米勒的画。我从未想到绘画会对我产生如此强烈的吸引力，我全神贯注地欣赏了两个小时。在《播种者》前面，我驻足良久。画商们把它命名为“第一播种者”，因为画家另外又画了第二版、第三版。有些人认为，每一版较之前一版都有所变动，我对这种说法表示怀疑，因为在这幅画中有一种说不清道不明却有巨大吸引力的元素，混杂着让人肃静的阴沉和积郁已久的原始怒火。除了这幅，还有许多佳作——《饮水母牛》中那简单而纯净的黄昏景象，让人看后久久不能忘怀。毫无疑问，米勒的作品是纯正的艺术品，是无法被模仿的，是完美无瑕的。但我一直不确定、一直寻觅仍无法找到答案的是：画家最终的意图是什么，大概他自己也不知道吧。这些绘画向我完整地描述了一个发生在从前的故事，它们甚至引发了伟大的法国大革命。一个英武的民族，被剥夺了所有的权利，在漫长而残酷的压迫下，忍饥挨饿，凄苦绝望的人们发起了一次次的反抗，虽然几代人的努力都以失败告终，但是他们却越挫越勇，他们的悲愤、痛苦在高压下逐渐凝聚成一股无法压制的能量，这能量随时都可能爆发。给大堤施压，最终必然使之倒塌。巴士底风暴爆发了，随后国王和王后被处决，整个法国掀起了一场腥风血雨。可是又能怎么样呢？

我们能希冀人性的不同吗？

我们能期望木石造人吗？

时间和命运难道就不存在公正吗？

在米勒的画里，比如《休憩的农夫》《挖掘者》和《晚祷》，你能触摸到真实的法兰西。在一些人的眼里，法国人民数量不多，身材矮小，只有五英

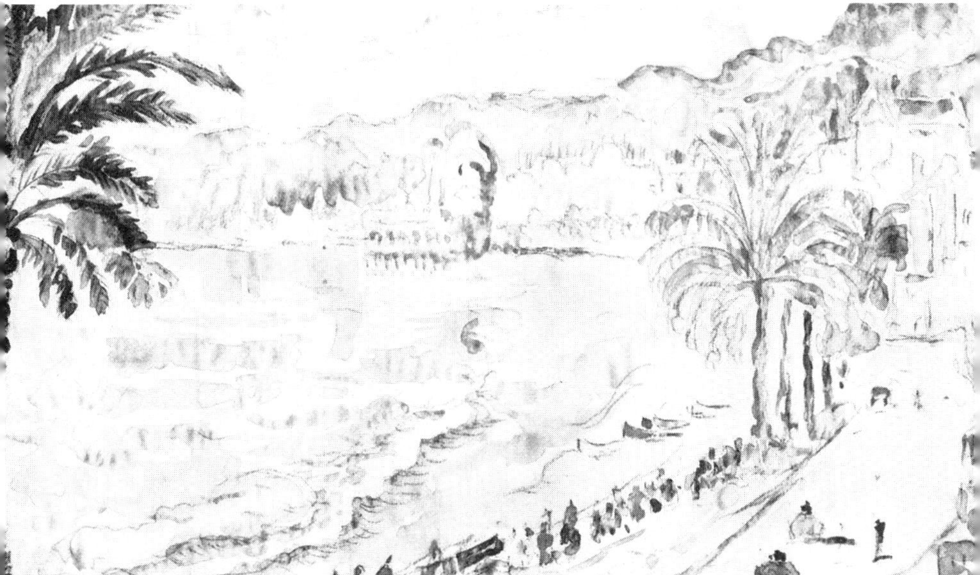

尺到五英尺半高；他们总是假笑、轻佻，不庄重。其实，事实根本就不是这样的。法兰西民族，在革命之前，人口巨多，和现代人一样严肃活泼、勤劳勇敢、简单纯净。拿破仑发动的战争和革命确实降低了人口素质，但这都只是暂时的。如果没有其他什么事情，我会考虑在波士顿稍微作一些停留，为米勒的绘画也为自己打开一个新天地。美国也能从它自己的灵魂深处孕育出这样的一个艺术家吗？

浮光惊影胜过刨根问底

5月14日。我又回到了家里。一大早，我就来到新泽西的树林，这儿空气清新，气氛宁静，有一种浑然天成的美。到了早晨八九点钟的时候，这里完全就是鸟类的音乐会会场，而举办这场“音乐会”的鸟儿们则分别来自不同的憩息之处。最近，我注意到一只褐背鸟，它有知了那么大，或许还要小一点，它的胸脯和翅膀都是浅色的，其他的地方还有不规则的黑条纹，尾巴很长。在这段时间里，每到这个时候，它就自由自在地弯着身子，蹲在一丛高高的灌木或一棵大树顶上唱歌。它是很温顺的鸟，唱歌的时候，我常常有意识地靠近它，仔细观看它。只见它的喉咙随着它的歌声不停地动弹，它的身体奇怪地侧着挪动，它的长尾巴弯曲着。我还听见了啄木鸟的叫声、鹰隼的穿梭声、画眉动听的咯咯声、猫鹊的喵喵声……除了清晨，夜间有时也会听到鸟儿的鸣唱。有许多鸟我叫不出它们的名字，但我也不特意地去弄清楚。关于鸟、树、花和驾船技术，你没必要知道得太多或是过于准确，实际上，一定程度的空白、含糊甚至是无知和轻信，还可以帮助你更多地去享受其间的乐趣，更深地去感受它们带给你的种种触动。很多事物我们不要了解得太仔细，或者刨根问底追究得太细。我的这些笔记就是我在新泽西中部时随性而写的，我只是把我所看见的东西描绘记录了一番，而我所描绘的都是普通人从表面就能观察到的。我敢说，如果让植物学家、鸟类学家和昆虫学家来观察，他们一定会在其中发现一些更有价值的东西。

再一次领略天然的沙滩和海洋

1881年7月25日。遥远的洛克威，天气晴朗，我们在此作短途旅行。灿烂的阳光，芬芳的莎草，微微的海风，怒吼的海浪，我们徜徉在沙滩和海洋之间，享受着这一切。我悠闲地洗了个澡，裸身走在这古老、温暖、灰白色的沙滩上，我的同伴们则乘着小船驶向海洋的深处。

7月28日，我们抵达朗布兰奇。早上八点半，我们乘坐“普利茅斯岩号”，从纽约第二十三街出发，来到朗布兰奇。又是一个好天气，这里景色宜人，有美丽的沙滩、海湾，还有来往的船只，所有这一切都使我身心愉悦。我发现，与其他地方相比，纽约城，还有布鲁克林的人文环境与自然景观，让我感到更舒适更惬意。一小时之后，我们依旧在轮船上，现在已经能闻到海水咸咸的味道了。随着轮船驶向大海，我们渐渐感受到了海浪引起的颠簸。纳夫辛克山丘连绵起伏，许多船只（包括我们的轮船）打那里经过。在朗布兰奇的大部分时间，我们都住在一家不错的旅馆里。一切都显得那么悠闲，我们常常在吃了一顿很棒的晚餐后，再出去转悠两个小时。当我们的轮船行驶到海洋大街时，沿着海滩的七到八英里路，是我印象中最好的一段旅程。四面八方都是奢华的别墅、宫殿，这里是百万富翁的聚集地。在这些百万富翁中间，我最喜欢乔治·蔡尔兹。他是我的朋友，为人正直，慷慨又不失朴素，他的人品远在他的世俗财富之上。

热风吹拂下的纽约风情

八月，我停留在纽约这座大城市里。即使是在夏季最热的三伏天，只要你能让因炎热而有些浮躁的心冷静下来，去接受热天提供的那些有益健康的、愉快的东西，那么，在这里，你就会发现很多有趣的事情。实际上，这里比很多人想的要舒服得多。一位富有的中年男子告诉我，他在外面玩了一个多月，去了很多高级场所，消费掉了不少钱财。每到一个新的地方，他的情绪就会一直处于亢奋的、异常的状态。直到最近两周，他回到纽约的家里后，才感到那份他想要的快乐和满足。人们不应该忘记，夏季最炎热的时候，其他地方通常会比这里更热，这主要得益于纽约所处的地理位置——它的两旁都是庞大的含臭氧的海洋。如果它的某些住宅可以结束令人窒息的拥挤的话，实际上，这里可以说是世界上最有益健康的地方。我现在才感觉到自己从来没有真正地了解曼哈顿，曼哈顿三分之二以上的岛屿都是非常秀美的。在莫特港停滞的十天里，我熟悉了一百多个地区，其中还包括哈莱姆河以及华盛顿高地。我和我的朋友J夫妇以及一群快乐年轻的女士，同住在一所大房子里。我每天工作两三个小时，对新版《草叶集》做最后的润色，然后下楼走走，再顺着哈莱姆河漫步。太阳被云雾笼罩着，南风轻轻地吹着，河里到处都是大大小小的贝壳。一头尖尖的小船，轻盈地、迅速地来来回回行驶着，有时整条河里就它孤零零的一个，有时会有大一点的船出现。这些大一点的船上有时会有年轻人在练习划桨，通常是六到八个人，场面热烈，非常鼓舞人心。岸边停着两艘漂亮的游艇。我长时间地、慢慢地在这里游荡，观赏着落日的余晖、远方的高地、万里的长空和两岸的倒影。就这样，我度过了一段休闲而懒散的时光。

8月10日。上午，慢慢地闲逛了一两个小时之后，我在岸边一个较为僻静的地方——半山坡的一棵老杉树下，静静地观赏着尽在眼前的整座城市。许多年轻人聚集在沙滩上和码头旁，三个一群两个一伙，或游泳或洗澡。他们的举止都非常得体，他们相处得非常和谐，笑声、说话声、招呼声、应答声不绝于耳。游泳的人从陈旧破烂的桥墩子上的大链子那里跳到水里，潜下去。在每座雕像前都有一堆人，裸露着玫瑰色肌肤的身体，或攀或站，做着各种姿势。阳光照耀着这里的一切，如此明媚。当潮水涌入，翻腾的浪花随即就从琥珀色变成了透明的茶色。玩耍的男孩们不断泼打着河水，河水高兴地叫着，轻轻扬起，形成串串水珠或小小浪花之后便迅即浸入河中。轻柔美妙的西风轻轻地吹拂着，水面闪闪地发着一片银光……

“卡斯特”①最后的集合

今天，我去看约翰·马尔瓦尼刚刚完成的一幅画。最近两年，为了如实地绘制这幅画，或者说为了能够做到更好，他一直在遥远的达科塔，穿梭在当年那场战争的现场、要塞，停留在边远的居民地，流连于士兵和印第安人之间。看过去第一眼，我就被画面的内容深深吸引。在画前，我静静地坐了一个多小时，震撼又陶醉。这幅画有二十或二十二英尺宽，十二英尺长，需要用一定的时间才能把它的细节全部观赏完。画面内容丰富，色彩生动，你需要有坚定的精神意志来凝视它，不能有其他杂念。画里有四五十个人物，可能还更多，没有大面积的头像阴影，表现的是胜过一切的最真实的、最原始的痛苦。所画景物，细节部分十分细腻。一大群原始的苏人，头上戴着战斗的小圆帽，大部分人都骑着小马，疯狂地穿过黑色的夜雾，飞奔过来，就像魔鬼的飓风。其中有十几个人物画得特别妙，完全是典型的西部土著边地人的形象，给人一种特别玩命，慷慨激昂到了极致的印象。书本里从来都没有类似的东西——荷马史诗里没有，莎士比亚的诗里也没有。这幅画比那些诗篇更具体、更生动，而且完全是真实的，完全是本土的，完全是我们自己的。好多壮实的、有着褐色面孔的男人，不畏死亡，投身于海湾那可怕的环境。但他们每个人都顽强不屈，百折不挠，没有一个显得惊惶失措，在付出生命之前他们也让敌人付出了代价。卡斯特，他站在中央，一头的短发，伸着双臂，眼睛睁得大大的。一支庞大的骑兵向他冲过来，拿着枪瞄准他。库克上尉受伤了，他头上缠着的白纱布还透着血，他用他的短筒马枪冷静地、半跪着在瞄准敌人，后来人们在卡斯特的遗体旁找到了他的尸体。那些被屠杀以及半死不活的战马，被临时用作了防护矮墙，形成了一种奇特的景象。两个死去的、身材魁梧的印第安人，抓着

① 卡斯特（1839—1876）：美国内战时联邦军将领，战绩显著，后在袭击蒙大拿州小比格霍恩河附近的印第安人营地时战败而亡。

他们的温彻斯特步枪，躺在前景中，形象鲜明。很多士兵，他们手上拿着的枪筒还在喷着火药的烟雾，他们的面孔、穿着打扮以及装备——头上的宽檐帽、短筒马枪，全部都是西部的。快死的马匹还在转动着眼珠，它们忍受的疼痛几乎和人类一样。背景中还有乌压压的戴着战斗圆帽的苏人，整个场景虽然给人一种阴沉恐惧之感，却有一种奇特的、凄美的魅力。一种希腊式的自制弥散在画面的色彩以及画中人物剧烈的动作里。清澈的天空，明媚的阳光，画面似乎没有描绘欧洲战争时常会出现的那种陈腐特征。这部作品用的是西方的现实主义表现手法。我看了一个小时左右，但这远远不够，要想真正走近它的世界，还需要反复观赏，需要一遍又一遍地探讨和研究。它对我非常有益，我可以随时随地去看这样的作品而决不会感到厌烦。最为重要的是，它和其他所有伟大的艺术作品一样，具有一种高尚的道德精神。我和画家交谈了一下，他说准备把这幅画送到海外去，可能是伦敦。我建议他最好送到巴黎，我觉得那里的人们能够真正地赏识它。与此同时，我也愿意向克拉波先生说明：在美国，不管是什么东西，也可以做得精致完美。

酒杯里的旧时光

8月16日。我有一位老朋友，他是一个运动员，热爱打猎和捕鱼。虽然每次打猎或捕鱼回来，他都会累得筋疲力尽，但看着自己的累累战果，他又会感到非常满意。每次，当有了非同寻常的好运气时，他就会说：“今天要用笔做个大标记！”是的，今天我就要让自己“用笔做个大标记”，因为我今天一切都很顺利。早晨八点钟，我在曼哈顿岛乘坐火车，行程有十英里，用时一个多小时，途中紧张而刺激。接着，我到第二十四街区普法夫的饭店吃了顿丰盛的早餐。饭店的主人也是我的一位老朋友，名叫普拉夫，他热情地迎接了我。普法夫是一个豪爽大方的德国饭店老板，他身材矮胖，沉默寡言，擅长品酒，可以说，美国最好的香槟品鉴家就是他了。我们打开酒窖里最好的一瓶酒，回忆着从前在一起的时光。1859年和1860年，那时他住在百老汇，靠近布利克尔街，朋友们经常聚在一起，在他那里愉快地吃晚餐。哎！在这个地方回忆起那些时光，朋友们那些熟悉的面孔仿佛就在眼前，而现在他们中的大多数都已去世了——阿达·卡莱尔、威尔金斯、黛西·谢泼德、奥布莱恩、亨利·克拉普、斯坦利、马林、伍德、布厄姆、阿诺德，他们通通都走了。普法夫和我，面对面地坐在小桌旁，以我们认为的最好的方式来怀念他们：斟上一杯香槟酒，在漫不经心的沉默中，随意地喝光杯中的最后一滴。

沉淀下来的才是精华

慢慢积累起来的，也许是最好的。一个人在吃喝方面需要新鲜的、合口的，但要学会知足，不要吃得太多。相反，对于诗歌、朋友以及各个地方的城市或者艺术品来说，如果我第二次见到时没有第一次那么激动，第三次时更是如此，那么他（它）们就得不到我的重视。不仅如此，我还相信最大的合理性不会在一开始就呈现出来。就我的个人经验来看，我觉得最早发现的不一定就是最好的，当然这个判断未必正确。如果有一天他（它）们突然爆发，向我敞开了神秘的大门，那一定是在他（它）们经历了多年我对他们的无心、视若无睹和不为所动之后。

此生最难忘的夜晚

马萨诸塞州，康科德镇。在一个明媚、如印第安夏天般爽朗的天气里，我来到这里做一次拜访。我的朋友桑伯恩陪着我。我是从波士顿乘船赶来的，经过四十分钟舒适愉快的航行，途经萨默维尔、贝尔蒙、沃尔瑟姆、斯托尼布鲁克及其他各式各样、热闹的小镇，来到康科德镇桑伯恩宽敞明亮的家。桑伯恩夫人和她可爱的一家人盛情款待了我。下午四点刚过，我在门廊里几棵老山核桃树和老榆树树阴下，写下这些笔记，康科德河就近在咫尺。我所处的位置正对河岸，河岸的山坡上有一片草地，草地上有人在晒草，有人在收割、装车，这大概是他们第二季或者第三季收割了。连绵展开的小山丘，点缀着一片片宝石般的绿色和一片片迷人的棕色。三十几个圆锥形的小干草垛，把马车装得满满的，晒草的人弄草垛的动作，缓慢而有力。太阳慢慢地下沉，一片片长长的阴影、光线，使黄色的落日余晖变得斑驳起来。一只蟋蟀唧唧地尖叫着，它是黄昏的信使，通报着黄昏的来临。一条载着两个人的小船无声地、悄悄地沿着小河划来，从石头拱桥下穿过。湿润的空气形成的薄薄雾气笼罩下来，寂静也渐渐弥漫开来，我周围的世界、我的身体、我的灵魂都深深地沉浸其中。

当天晚上，我遇到了此生最幸运的事——我和爱默生一起度过了一个幸福漫长而又令人难忘的夜晚。他平静地在我身边坐了将近两个小时，我正好能在最好的光线中看清他的脸，我激动得简直觉得自己此生已别无他求。桑伯恩夫妇家后门的走廊上都是客人，其中有很多是他们家的邻居，大多数都是年轻的女人，她们有着清新而迷人的面孔，当然也有年长一些的。我的朋友阿尔科特和他的女儿路依莎也早早地就来了。大家谈了很多，主要话题是亨利·梭罗。从别人写给梭罗的书信以及他写给别人的书信中，可以隐隐约约地了解到有关他的生活与命运的一些最新情况。其中最有价值的是一封来自玛格丽特·富勒的信，霍拉斯·格瑞雷、钱宁等人的信也比较有价值，当然，一封梭

a Madame

罗本人写的信是最有趣、最独特的。在满屋子的人看来，我也许显得特别笨拙，因为在他们交谈时我几乎插不上嘴。不过正如瑞士的一句谚语所说的，我有“我自己装奶的桶”。我坐的位置非常好，可以正面看着爱默生先生，同时又不至于显得粗鲁无礼。两个小时里，我大部分时间都在注视着他，好好地端详他。他刚进来的时候，话说得不多，非常客气地、简短地和几个客人打了招呼后，把椅子悄悄往后挪了挪，然后就静静地坐在那儿。整个谈话和讨论的过程中，他始终一言不发，保持着沉默，但却听得非常仔细。一位女士小心谨慎地、轻轻地在他身边坐下，可能是想引起他的注意。他的气色很好，目光清亮，眼神敏锐，充满睿智，脸上的表情也很柔和。

第二天，我在爱默生家里待了几个小时，并在那里用了晚餐。他的家是一栋非常普通的老房子，他在那里生活了有三十五年。那里视野开阔，屋子宽敞明亮，家具精美齐全，摆设朴素而高雅，有一种老派简约的美感。在这里几乎找不到奢侈、华丽和做作的痕迹，这真是难能可贵！晚餐也是一样。当然，最让人开心的还是我见到了爱默生本人。正如我刚才所说，他的气色极好，目光清晰有神，表情愉悦，谈吐得体，只是在需要的时候才说上三言两语，并且总是面带微笑。除了爱默生本人，还有爱默生的夫人，他们的女儿爱伦，儿子爱德华和爱德华的妻子，我的朋友桑伯恩夫妻，以及其他的亲戚和好友。爱默生夫人又提起头一天晚上的话题，当时我就坐在她的旁边。她向我说了一些有关梭罗的更多情况，使我进一步了解了梭罗。几年前，爱默生先生在去欧洲前，曾邀请梭罗在他们家住过一些日子。

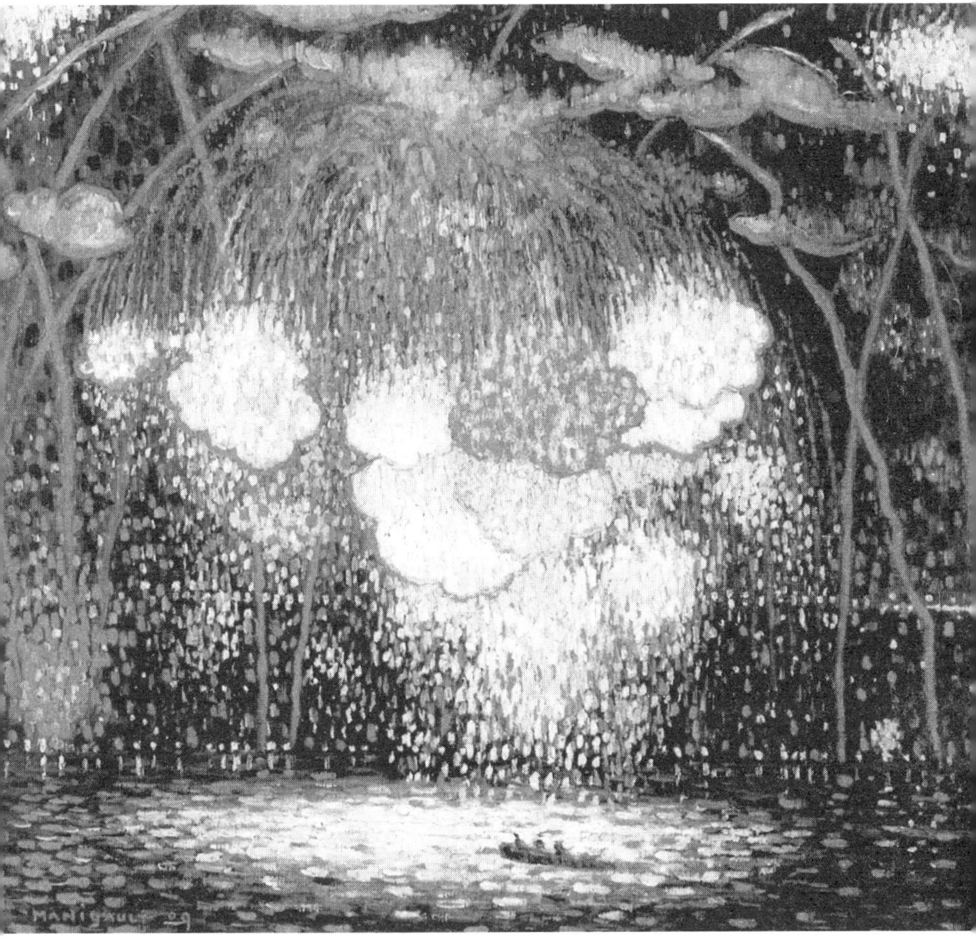

瓦尔登湖畔的怀念

晚上，在桑伯恩夫妇家里时，我还在回味爱默生夫妇家那令人难忘的、值得纪念的家宴。虽然这些场景都是非常愉悦的，并将永远留在我的记忆里，但是我也不应该忽略有关康科德的其他事情。我去了主人的老住宅。走过古老的花园，穿过几个房间，那里环境优雅，有一种奇特的美。凌乱的青草和灌木，窗户上小小的窗格，低矮的天花板，芳香的气味，挡住阳光的葡萄藤，这一切共同构成了这里的美。附近的康科德战场有座法国人的雕像，有人轻轻地念着雕像基座上爱默生的题词。1875年4月，开战后有许多无名的英国士兵被埋葬在这里，我在他们的坟墓前伫立了很久。之后我乘着我的朋友M小姐的马车，由她的小马拉着，走了半个小时的路程，最后来到霍桑与梭罗的墓地。我下了马车，徒步向前行走到墓地，在那里默默地站了许久，陷入了沉思。他们两人比邻长眠在这“沉睡谷”中，这是公墓山上一片宜人的幽静之地，周边树木林立，旁边有一座凉亭，凉亭里面写着死者的简历。霍桑的坟墓已经变得平坦，上面遮盖着茂盛的爱神木。梭罗的墓前有一块精细而普通的棕色墓碑，墓碑上刻着题词；旁边躺着亨利和他的兄弟约翰，先前人们对约翰抱有很大的期望，没想到他却英年早逝。后来我们又去了瓦尔登湖，只见一片湖水铺满树荫倒影，十分秀美。在那里，我们停留了一个多小时。在一片树林中我们找到了一处原址，那是梭罗当年住过的小屋，现在仅剩下一堆表达纪念之情的石头了。我也拾起一块石头，加在石堆上，以示纪念。在乘车返回的路上，我们看见了“哲学学校”，但是当时它已经关闭了，我不可能让它为我开门。走不多远，就是黑格尔学派哲学家哈里斯的家。我们在附近停下，他从房里走出，来到我们的马车旁，我仍坐在马车上，我们就这样愉快地聊了一会儿，很开心。在康科德乘车外出的这几天，是我永远难以忘怀的记忆，尤其是与我的朋友M小姐和她那可爱的小白马出行的那一天——那是个明媚的星期天。

爱默生给我上的一课

10月10日至13日。我在波士顿广场上度过了许多美好的白天和夜晚。每天中午我从十一点半来到广场，待到下午一点多离开，然后日落的时候，再在那里待上一个多小时。那里所有的大树我都熟悉，尤其是特雷蒙街和贝肯街的那些老榆树。虽然阳光猛烈，但这里仍清爽凉快，我常常沿着那宽阔的还未铺路面的人行道散步，渐渐地，我深深了解并熟悉了这里的大部分事物，并和它们建立了感情。就在这宽阔的贝肯街上，在这些老榆树中间，二十一年前，二月份的一个寒冷而又晴朗的中午，我和爱默生一起，在这里闲逛了两个多小时。那时，爱默生正当壮年，思维敏捷，英俊潇洒，是个很有魅力的人，他可以在智慧和情感等各个方面打动你并使你产生深深的迷恋之情。在两个多小时的闲逛中，基本上都是他说我听。他说的每一句话都有条有理，就像我的诗歌《亚当的子孙》的某个段落的结构。他观察、检阅、进攻、逼近，就像一支有炮兵、骑兵和步兵的井然有序的军队。对我来说，比金子还要珍贵的是他的判断力，他给我上了一堂生动奇特却充满悖论的课，让我受益匪浅。爱默生提出的每一个问题我都没有办法去回答，即使在法庭上，我想也没有哪一个法官的陈述会比他更会表达、更彻底、更让人信服的了。他让我产生了一个很清晰的想法：什么都不用去理会，只需循着自己的梦想去追寻。后来，他停下来问我："对这样的事情你有什么看法？""除了我答不上来的之外，我现在更有信心坚持我自己的理论，并且把它阐述清楚。"我直率地回答。然后，我们继续往前走，来到一家酒店，吃了一顿正宗美味的大餐。从此以后，我便坚定地追寻着自己的梦想，再也没有摇摆过，也没有犹豫过。

相融为一的人工与自然

1882年1月12日。昨天傍晚，在太阳落山之前，在费城和卡姆登之间，我发现德拉瓦尔河上出现一幅美景，值得写一篇日记。河水正是涨潮的时候，舒适宜人的微风从西南方向吹来，黄褐色的河水痛快地来来回回荡漾着。那即将沉下去的夕阳，有一种非凡之美。宽阔无边的云朵在翻腾，多姿多彩的光线和覆盖着金色的薄雾令人头晕眼花。在这些美景当中，在夕阳的余晖下，河上出现了一艘很大的崭新的船——“温诺亚号”，它是你所能想象到的最美丽最漂亮的东西。它纤细而洁白，很迅速、很轻盈地驶过，上面的红色和蓝色旗帜在微风中飘扬。这是一艘新渡船，它恰巧出现在这片天然的景物中，却完全可以和它们相媲美，并浑然天成地与大自然融为一体。在透明清晰的天空中，有四五只大海鹰，它们均衡优美地、自由自在地飞翔、旋转。

治愈灵魂的诗人

1882年4月3日，卡姆登。我刚从那一片古老幽深的树林里散步回来——我经常离开客厅、走廊、报纸刊物，到那里去。又一个晴朗的上午，我在松树、杉树的浓荫下，在老月桂树和葡萄藤的枝叶交错的阴影深处流连，我就是在这里获悉朗费罗去世的消息的。地上的常青藤清新繁茂，蜿蜒穿过我脚下的残枝败叶。因为没有更好的方式来表达哀伤与怀念，我就顺手拾起一些常青藤，把它们编成一个小枝，一个人独自在静寂中哀思了半小时，然后把小枝轻轻放在这位已故诗人的坟上。

朗费罗的作品卷帙浩繁。他的诗在表现风格与表现形式上是出色的、非凡的，并且带有一种时代气息。他的诗总是能给人的心灵以直接的冲击（这也许是必然的，因为他就是这样的人），而这正是我们这个讲究物质现实、讲究金钱、讲究独断孤行的盎格鲁撒克逊[①]种族最需要的。作为一个注重韵律、谦虚而温顺的诗人，朗费罗恰好出现在商人、金融家、政客和雇工霸道横行的时代，这真是时代之幸！他继承了意大利、德国、西班牙以及北欧诗人的精粹，他是最有同情心和最温厚的诗人，也是女性和年轻人的诗人。如果让我找出另外一个对美国有这么大贡献，并且对美国有如此宝贵价值的诗人，即使我想很久很久，也不一定能想得出来。

以前是否也出现过具有如此灵敏的直觉和卓越措词能力的优秀诗人？我的答案倾向于否定。据说，朗费罗翻译的许多德国诗歌和斯堪的纳维亚诗歌比原文还要好。他的诗歌是温和的，好比是清凉的饮料和清新的空气，但他决不温吞，也不热烈，而是永远生机勃勃，充满活力，有情趣，讲风韵。他的诗惠及普通民众，这一点很是出色。他不歌颂异常的激情，不描写人类越轨的胡作非为。他的诗歌不激进，没有革命性。他不写冒犯他人的内容，他的诗中也

---

① 盎格鲁—撒克逊，指的是盎格鲁和撒克逊两个民族结合的民族。

没有无情的打击与进攻。正相反，他的诗歌具有抚慰人心、治愈灵魂的功效，如果它们让人兴奋了，那也是一种有益健康的舒服的感动。他的愤怒也是柔和的、间接的，如《混血姑娘》和《见证人》。

朗费罗的诗中没有什么不恰当的忧虑成分，即便是早期的译作《曼里克》中，那种乐章也如强势的疾风或连续的潮汐一般，明亮而鼓舞人心。他的诗歌有很多主题，也没有刻意回避过死亡。不过，在他有关“死亡”这个可怕主题的一些译作以及原创诗歌中，几乎总有一股争强好胜的气势，就像《最幸福的乐地》的结尾所写的那样：

然而那地主的女儿
举起手指着天空，说：
“你们不要再争了，
那里才是最幸福的乐地。”

有人抱怨、指责朗费罗缺乏纯正的本土特色和独立的创造性。我只能说，美国和世界最好还是尊敬并感激这种所谓的“缺乏”，而且是应该永远地感激。这种感激一点也不为过，因为几个世纪以来世界所贡献给我们的像朗费罗这样的时代歌手，都不会要求自己所唱的音符要不同于其他的歌手。再补充一点，我曾听朗费罗本人说过，如果这个新时代想要获得有价值的创造性，能够让更多的人知道自己的英雄创举，它就必须先好好地浸透别人的创造性，然后再恭恭敬敬地向所有生于阿伽门农[1]之前的那些英雄学习。

① 阿伽门农：特洛伊战争中希腊联军的首领。

一份报纸一生事业

一两天前的一个傍晚，我正乘坐“贝弗利号”渡船前往德拉华州，两位年轻的记者朋友坐在我身边。

“我们想向您传递一个信息，”他们其中一个说道，“《卡姆登通讯报》的记者告诉我，他们想向您约稿，登在他们的创刊号上，您看可以吗？”

“我想是可以的，”我回答，“是关于什么内容呢？”

“适合登在报纸上的就行，关于您自己的一些事情也可以，比如说您是如何开始写作的，等等。”到达费城后，我就和两位年轻的记者分开了。此刻天气清朗温和，明亮的半玄月在空中闪耀，光彩夺目的金星出现在西边的天空，天蝎星座也延伸开来，占了东南边大半幅的天空。在如此美丽的夜晚，我悠闲地散着步，回想着两位年轻人的话，打开了记忆的闸门。

我的写作生涯开始于十一二岁的时候，大概是1832年，那时我写了一些充满感情的小文章投到布鲁克林的《长岛爱国报》。在这之后，我还写过一两篇文章投到《乔治镜报》，也就是后来纽约城著名的《镜报》。还记得当时的我抑制不住激动的心情，常常关注在布鲁克林送《镜报》的那位投递员。他年事已高，高高胖胖的，脸红红的，行动缓慢，是个英国人。当我拿到一份报纸时，就迫不及待地颤抖着双手将之打开；当我看见自己的文章白纸黑字工工整整地印刷在报纸上时，我的心跳立即加速两倍。

我第一次真正的冒险是创办《长岛居民报》，那是1839年，在我美丽的家乡小镇亨廷顿。那时候的我，二十岁左右，虽然已在萨福克县和皇后县的乡村学校教了一两年书，但是心里更热衷于出版业。由于年少的时候学习过排字印刷，所以我非常想在自己出生的地方创办一份报纸。我去了纽约，买了印刷机和打字机，雇了一些人手，但大部分的工作包括发行都由我自己完成。一切看起来都很顺利，只是由于我的不安分，最终没能在那儿建立起一份永久的产

P. Signac

业。那时候，我买了一匹马，每个星期到乡下走一圈，去卖我的报纸，没日没夜地全心投入其中。我去了南边，去了巴比伦，走南边的公路，跨过史密斯镇和考马克镇，然后再返回家。再也没有比这更快乐的旅程了！在这些旅途中，我遇到过和善老派的农夫和他们的妻子，路过干草地时遇到过热情的人们，享用过丰盛的晚餐。美妙的夜晚，美丽的姑娘们，骑着马奔走于丛林间，这些都构成了我今日的回忆。

接下来我去了纽约的《奥罗拉日报》，作为一个自由撰稿人，也定期为《闲谈》（一家晚报）写稿。后来，我还做过《布鲁克林鹰报》的编辑。这些外围的工作让我时而忙碌时而清闲。那两年我有一份事业，有一份好的薪水，工作又轻松，毫无疑问，那是我人生中最愉快的时光。后来由于发生了“民主党事件”（1848—1849），我和那些激进分子划清了界限，我和我的老板以及那所谓的“党派”也分道扬镳，于是，我丢了工作。

丢了工作之后，我偶然碰上了一个非常好的机会。一天晚上，在纽约临近珍珠街的一家古老的百老汇剧院的大厅里，一家想在新奥尔良创刊的日报——《新月报》——的创始人在剧院大厅和我见了面。虽然那是我们第一次见面，但十五分钟（一杯酒）之后，我们就谈好了一笔交易：他出资两百美元和我签订了一份合约，并提供我去新奥尔良的一切开销。两天之后我起程前往新奥尔良，并在那里度过了一段美好的闲暇时光——那份报纸需要三个星期才能出版。我非常享受我的旅程，非常享受我在路易斯安那州的生活。一两年之后，我回到布鲁克林，创办了《自由者》。开始是一周出版一次，接着变为每天出版一次。很快南北战争爆发了，我不得不南下，在那里度过了三年时光。

除了上述提到的那些报纸，在我的人生中还时不时地和另外一些报纸结缘，有时候还是在一些奇怪的场合。战争期间，在华盛顿医院，我创办了《兵工厂广场公报》，为饱受伤痛折磨与死亡威胁的人们提供消遣。之后，在科罗拉多州待的一段时间里，我也偶尔在报纸上发表文章，我还记得那家报纸叫

作《吉姆普利克由特》。1880年，我在加拿大魁北克省期间，去了泰道沙克附近的一家奇怪而古旧的小印刷厂，这家印刷厂比我在卡姆登的朋友——威廉·库尔茨在联邦大街上的印刷厂更原始、更陈旧、更古老。当时我还很年轻，那些古老的印刷机在我的心中刻下了永久的记忆，难以抹去。现在，那种印刷机已经很难再见到了。

文学界的太阳沉落了

1882年5月6日。我们站在为爱默生新建的墓碑前，没有悲痛，没有哀伤，有的只是几乎可以称为“骄傲”的情感，其实这是一种庄重的愉悦和信念。在我们的心灵深处，你不仅仅是“战士”，你远远超出世界上所有的战士，你只是作为一名战士的象征躺在这里。你是一个公正、平静的人，是一个可爱、自足的人，你睿智而清澈，就像阳光一样。我们在这里不仅仅是纪念你本人，更是纪念你的善良、你的质朴，这些文化和人性中最优秀的品性。如果有必要，我觉得可以广泛推广这些品性，它们适合所有的人和事。我们一直习惯于英雄的死亡，只是因为他们死在战斗中，死在风暴中，死在庞大的个人抗争中，死在戏剧性的时间和危险中。无论是以前还是现在，几乎所有的戏剧和诗歌不都是这样引导我们的吗？他死得安静、从容，就像海上逐渐沉落的夕阳。只有那些沉痛哀悼他的人，才充分了解他的伟大价值。

就在不久前，我还看见过他那慈善的面孔、清澈的眼睛、甜美的微笑，处于那样的高龄还依然保持着笔直的身形。甚至直到生命的最后时刻，他都充满着充沛的活力，看不出一点衰老的痕迹。即便是用“可敬”这样的词语来表达我对他的情感，好像也是不太适合的……从今以后，我将怎样怀念那些让人难忘的时光啊！

他走过了生命每一个应有的过程，已经没什么能改变或是危害到他了。他拥有了最为璀璨的光环，不是因为他留下的壮美的作品和智慧，而是因为他自己本身的存在——他为文学界提供了珍贵的、完美无瑕的乐章。

可以这么说，我们来这里不是为了祭祀死者，而是专为虔诚而来，就像亚伯拉罕·林肯在葛底斯堡那样，是为了使我们在他身上感受到的某种神圣、某种使命灌输到我们自身以及今后每天的工作中。真能做到这样的话，我们就有福了。

没有遗憾的人生

1882年5月31日。从今天起我已经走过人生的六十四个年头。十年前我患上了中风，从那时候起，我的身体就时好时坏，但后来就慢慢地稳定下来，也许以后就一直这样了。现在的我非常笨拙，不能持续地走远路，很容易疲惫，但是我的精神状态还好。我几乎每天都要去公共场所闲游，还会偶然地进行一次长途旅行——坐火车或是乘轮船去旅行上几百英里。我坚持锻炼，每天都做一些运动。我在户外的时间比较多，所以被晒得黑黝黝的。我的身体很壮实，体重有一百九十磅。由于对生活，对周围的人和物，对时代的进步等都很感兴趣，所以我在大部分的时间里还是很开心的。虽然我的身体处于半瘫痪的状态，而且有可能就这样持续下去，但是我没有悲观，以前的意识和想法没有受到任何影响，依然完整清晰地保留着。我拥有最真诚的朋友，拥有最情真意切的亲人，甚至还拥有一些敌人。看来我的人生目的已经达到，我也就没有什么遗憾了。

诗的棋局需要想象力来完成

今天早晨，我收到一本从英格兰寄来的书。这本书印刷精美，包装精致，是关于诗歌理论的。我尝试着读了几页，但是读不进去，便放下了。这里记载的，是我后来在自己的日记里发现的，当时随手用铅笔记下的有关诗歌的一些心得和体会：

诗歌，自它诞生之日起，便放射着夺目的光芒，就像晴朗的中午挂在空中的太阳。它吸引着每一个人，特别是从青少年到成年这个成长阶段。我也追寻过并且现在还一直在追寻那明媚的阳光；但是当我到了暮年，我感受到的夕阳余晖是忽明忽暗的，不清不楚的。

写诗，就像是进行一场想象力的游戏，伴随着对自然符号的感知，对信念的执着，它需要诗人在爱与骄傲的感化和推动下，完成一局美妙的诗的棋局。

“这意味着什么？”一般的老师和专家总会提这样的问题。一位优秀的音乐家，他的交响乐里有日落，有日出，有海滩上翻腾的海浪，它们意味着什么？毫无疑问，这是一种最奇妙的、最捉摸不定的感觉，它们能意味什么！爱情、宗教、最好的诗歌也不过是这样。但谁有资格来限定那些所谓的意义？我并不是说我推崇那些自作主张、任意妄为的粗野诗风，而是想说，藏在心灵深处的愉悦往往与智力无关，是不可以算计出来的。

阅读一首诗就像是在黄昏时聆听人们谈话，说话的人隐蔽在看不到的地方，我们只能听到断断续续的喃喃声，有很多是听不到的，而那些听不到的往往正是最重要的、最关键的。

只有在自由的户外才能获得最壮美的诗篇，这就好比我们在夜晚寻找星星，有时不是直接就能观察到它们，而是必须躲在一旁，不经意间，它们就会出现在你的视野里。

写诗或是学习写诗，不仅要用大脑、心灵去理解，还要随时用想象去补充。

文学作品的终极裁判

日记就要接近尾声了。当然，这部作品还有很多不足之处，比如内容上有些重复，语言也会显得有些啰唆，此外，在日期的连续性上、在植物学、天文学等方面的细节和准确性上，还存在一些技术性的偏差。问题是，从收集材料到开始写作，再到决定把稿件寄出，时间很紧张，而且恰值大热天（1882年7月至8月），同时又不能耽误工厂的印刷，这使我不得不匆匆忙忙地往前赶。尽管如此，我还是一切都以事实为依据，以真实为原则。在对事物、风景、自然产物的思量上，都尽心尽力、真心诚意地忠实于我的感觉，以为那些真心关心它们的人提供一些真正的闪光点。纵观我的一生，我在精神上以及与之相关的事情上，都力求做到真实和真诚，对我描写的主题也是抱着彻底负责的态度。

早年我在长岛、纽约等地的生活情况，有关南北战争的那些经历和日记，都在本书中有所描述和提及。本书中大部分的内容原来只是打算用作素材，来写一本关于大自然的诗集；这本诗集应该在几个小时内就能说完我的人生经历——从太阳升起的早晨到太阳炽热的中午，再到太阳逐渐沉落的黄昏。有这个想法，是因为我的生命现在已经到了下午，临近黄昏。但是没过多久我就发现，以散文的形式直接去诉说去描述，能让我的身心和我的书写更轻松、更愉快。就这样，在晴朗的时刻，在美好的白天或夜晚，我一个人虔诚地、慢慢地接受大自然的教诲，与此同时，自然也把所有的一成不变的诗歌和艺术作品都看作近乎荒诞。

就这样，在接下来的几年里，我坚持写下去。不论什么季节什么场合，我都让自己的思维穿梭在夜晚的月光和大大小小的星星下，甚至是在我行动不便、半瘫在床的时候，也是如此。乘船去较远的北方，在萨格纳河漆黑的西欧脊背上航行，在中午抬头瞭望大海，所有这些经历我都按照年代次序，匆匆做了记录。呈现在这本书里的文字全部出自于我临时写下的最真实的记录，它们甚至没有按季节归集，更没有被修改，因为我担心这样做，可能会使这本书失去句子里原有的、可能还附着的户外的气息。是的，阳光或星光，我不敢也不想去干预或者修饰它们。偶尔的，我会在口袋里揣着一本书或是从不值钱的旧书中撕下的几页，在必要时拿出来看看，重温一些作家的作品。不用说，我完全违背了文学作品的创作常规。

我不能脱离我的文学兴趣，不过我发现，顶级的文学最终还是要用大自然来检验——大自然才是法则，才是标记，才是证明。在我看来，一本书写得好不好、合适不合适，其决定性的考验不是看它在技术上或者语法上做得完美不完美，真正顶级的文学作品与普通批评家所坚持的那些法则和规范毫无关系。海洋上的阳光，山峦里的森林，人类的灵魂，我喜欢用它们的精神来审判我们的作品，做我们作品的终极裁判。

诗人的使命

民主和自然的关系是最为密切的。任何事物唯有与自然发生联系，才最具力量，最具活力，就像艺术和自然的联系那样。要想协调好民主与自然的关系，就要去培养他们，呵护他们，检验他们，约束他们，使他们健康起来。我们每个人，无论是在工厂、车间、商店、办公室、城市的房屋里、繁华的街道上，还是在各种各样繁杂的生活中，都要持续地与户外的事物——空气、植物、动物、田野、树木、温暖的阳光和自由的天空——保持接触和联系。与大自然的亲密接触会使我们更有生命力，不然我们就会变得苍白和渺小。这就是美国的民主。在我看来，没有自然作为主要养分，美国的民主就不会发展起来，而整个新时代的政治、信仰、理智、宗教和艺术，也就不会变得这么健康、完整。

说到这里，有必要再来讲一讲道德。马可·奥勒留[1]曾说：“什么是道德？道德就是对自然界一切活鲜鲜的事物的热情和同情。”从本质上看，所有时代的顶级诗人都是一样的，他们将芸芸众生从虚无缥缈的、不健康的幻想中救出，将他们带回到用金钱买不到的、平等的、神圣的、原始的、具体的现实中，而这，正是他们的伟大之处。

① 马可·奥勒留（121—180）：罗马皇帝，著名的“帝王哲学家”，著有《沉思录》。

人类是一根连接在兽类与超人中间的绳索——

一根悬于深渊上的绳索。

人类之伟大，在于它是桥梁而非终点；

人类之可爱，在于它是过渡也是没落。

每个不曾起舞的日子都是对生命的辜负/尼采

荣光时刻/丘吉尔

不要因为走得太远而忘记为什么出发/纪伯伦

这里有我对生命全部的爱/加缪

这个世界既不属于富可敌国者，
也不属于权势滔天者，
它属于那些有心人。

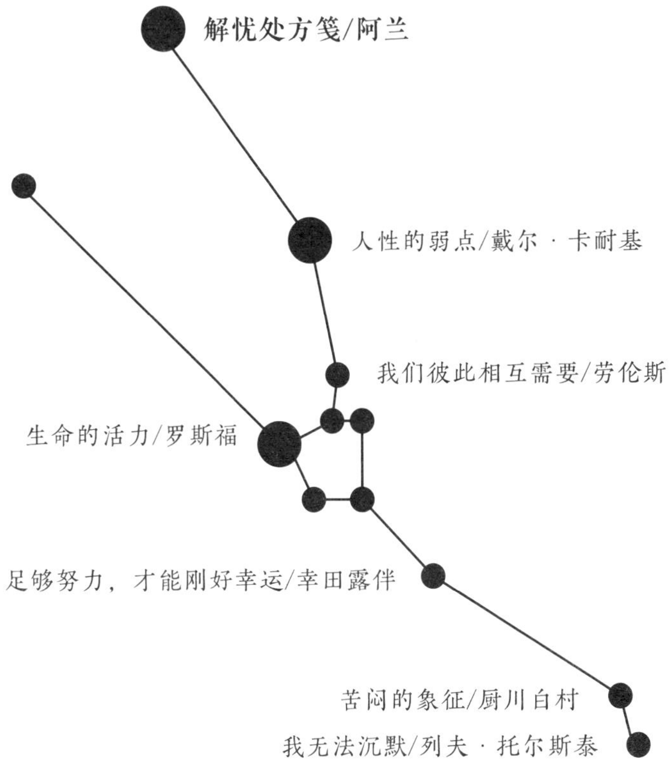

Taurus

生活的不确定性，正是希望的源泉。

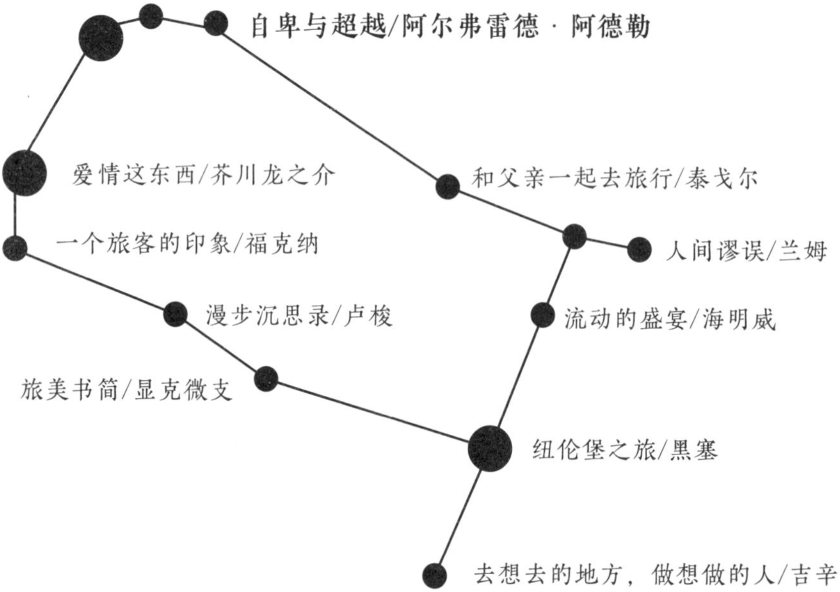

Gemi

坚定你的信念吧，天会破晓；希望的种子深藏于泥土，它会发芽；
白天已近在眼前，那时——
你的负担将变成礼物，你受的苦将照亮你的路。

诗意地理解生活，理解我们周围的一切——

这是童年最可宝贵的馈赠。

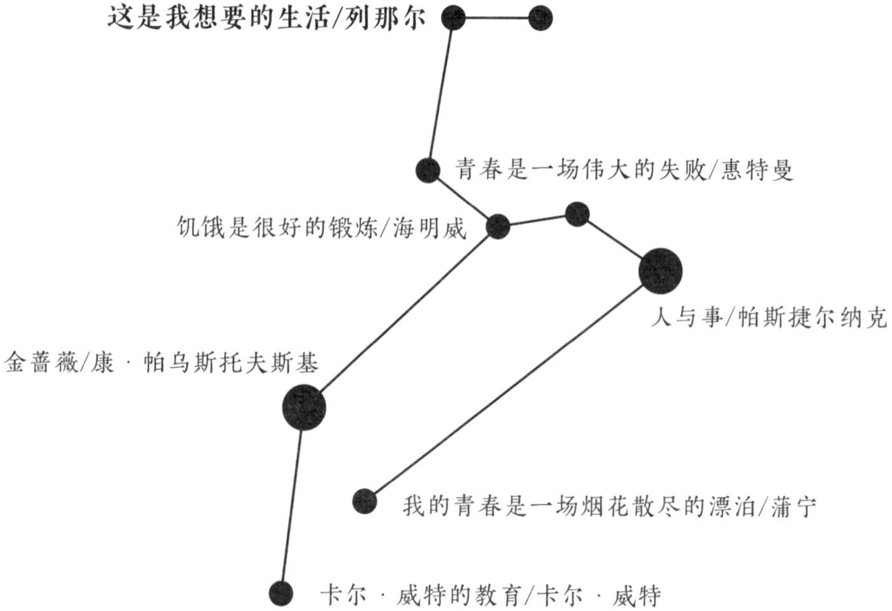

Leo

我们在这世上的时日不多，

不值得浪费时间去取悦那些卑劣庸俗的流氓。

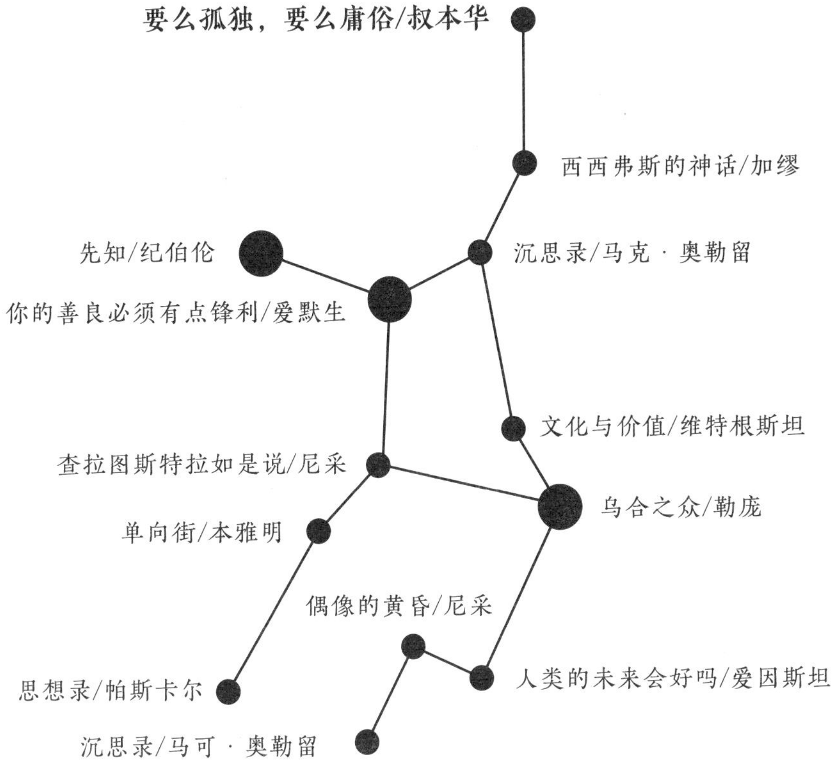

平衡

“可能”问“不可能”道：“你住在什么地方呢？”
答曰：“我就在那无能为力者的梦境里。”

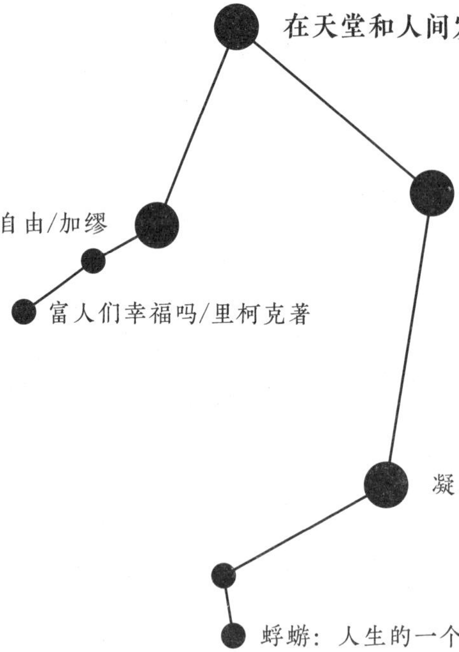

Libra

这莫名其妙的世界啊，无论如何令人愁肠百结——

她，总还是美的。

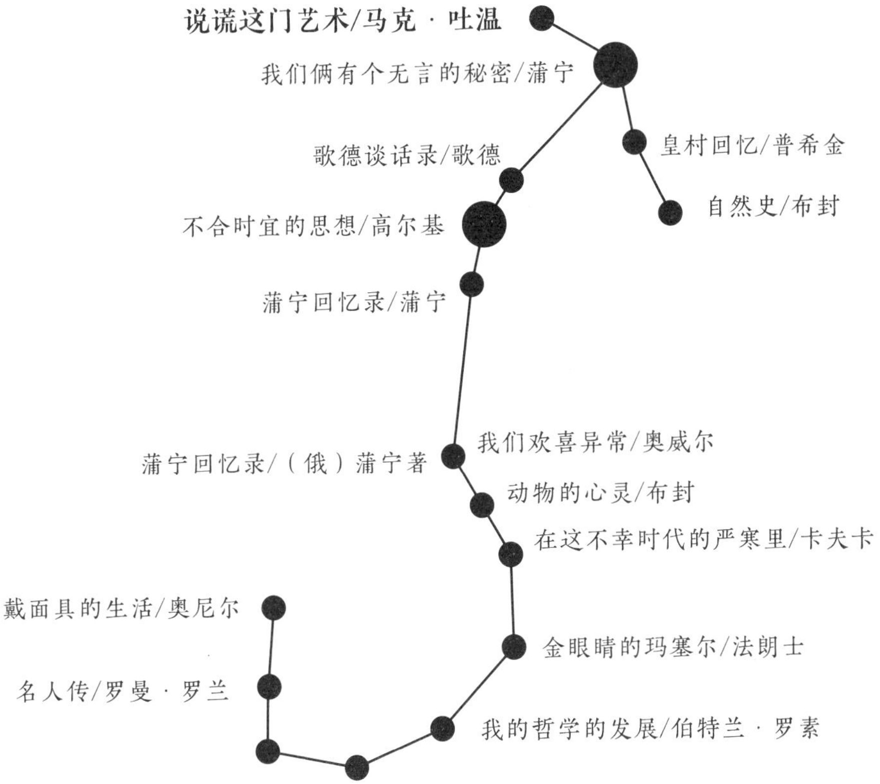

情怀

世界上最宽阔的是海洋，
比海洋更宽阔的是天空，
比天空更宽阔的是人的胸怀。

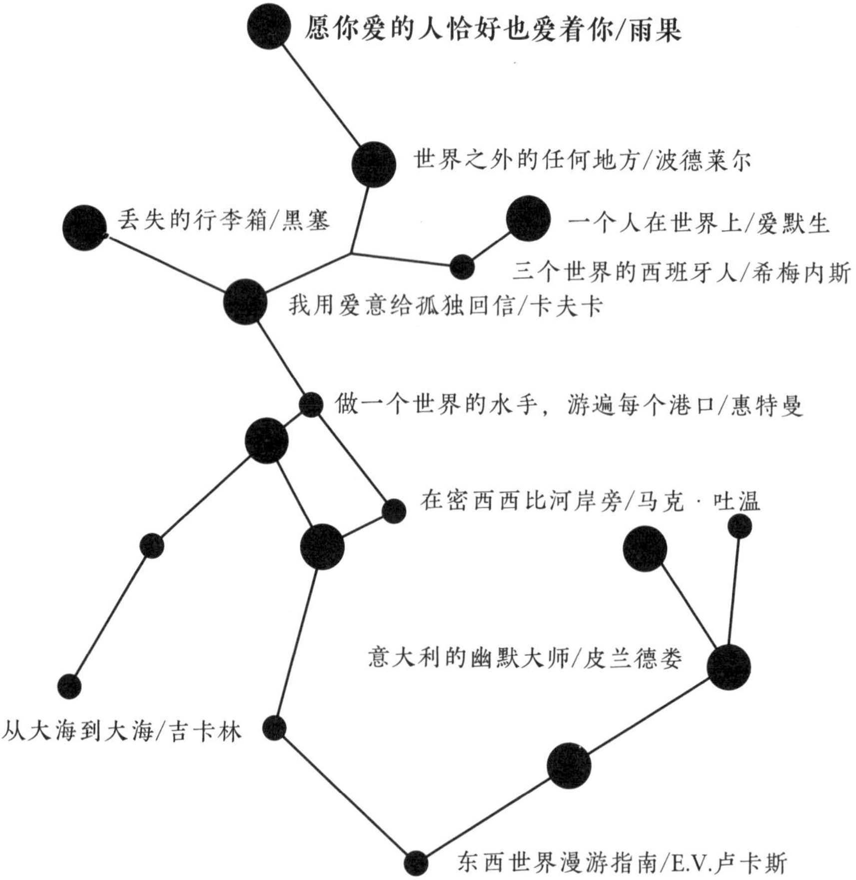

Sagittarius

谁将声震人间，必长久深自缄默；
谁将点燃闪电，必长久如云漂泊。

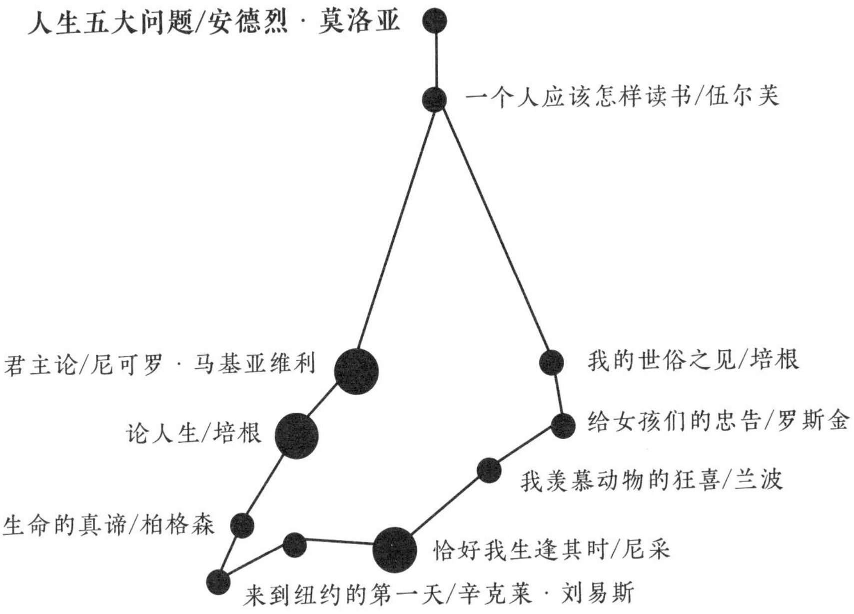

我们的整个生命是一场惊人的道德之争，

人，你本该活得荣耀。

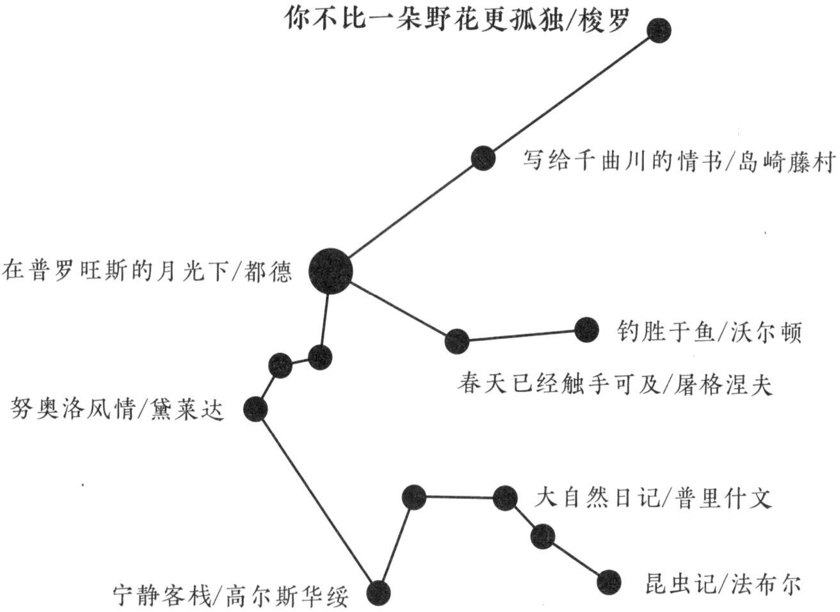

Aquarius

你我相知未深，
因为我不曾与你同在一片寂静之中。

我想为你连根拔除寂寞/夏目漱石

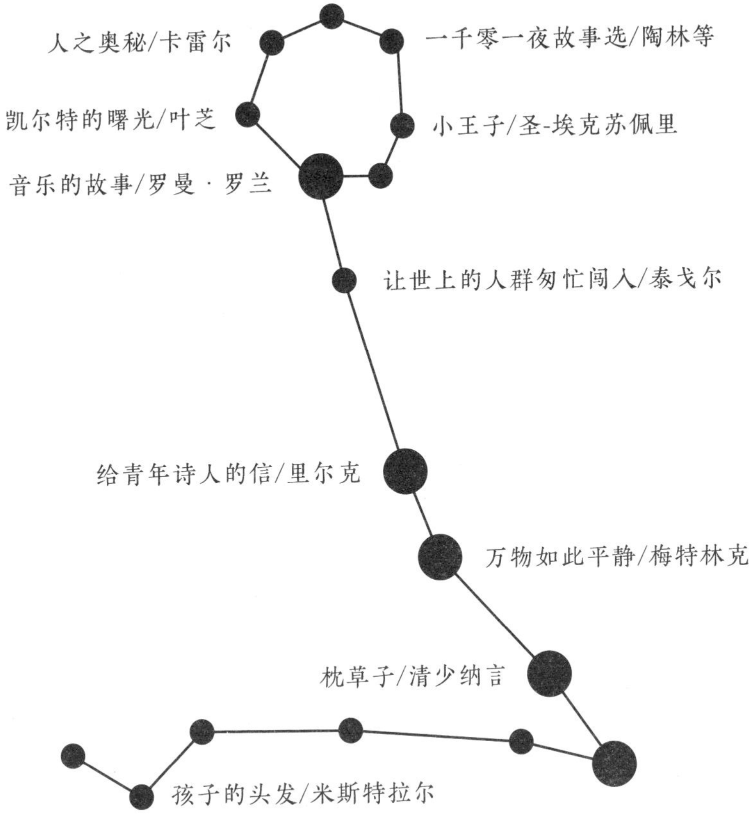